U0057567

AQUARIUS

AQUARIUS

AQUARIUS

AQUARIUS

每個人心中都有一座島嶼，

藉文字呼息而靜謐，

Island，我們心靈的岸。

騎士

Ryder

羅浥薇薇

壞掉娃娃的最華麗版本

顏忠賢

「二十九歲生日之後我開始和別人睡覺……那年我給自己的生日禮物是一個光頭，騎士動手剃我的，用打造手工藝品般的細膩……」

《騎士》幾乎是一本夢之小說，讓入夢的讀者置身其中如最華麗奢侈場景的夢幻，一如書中始終極光般漫漫炫目又炫人的暗示……派對般的終究開到荼蘼的動人放浪。

然而《騎士》這本小說卻仍然有種《在路上》垮世代的流浪者之歌式的憂心忡忡詩意，《聽風的歌》小群孤魂們的憂鬱出世的幽微反叛，甚至是《生命中不可承受之輕》式對位於情人相互眷戀也相互狐疑的既依賴又切割，在那種尖端離奇人生中仍然入戲的猶猶豫豫，散發了更當代的《人間失格》形上學式自詡又自嘲的ＯＳ，或是女版也變性版《挪威的森林》式的更若隱若現淡淡哀愁的可能，在書裡頭提及的種種離奇遭遇一如中世紀騎士小說隱喻在這時代更古怪找尋中……太完美的青春、愛、性、大麻的奧德賽式地令人羨慕的既樂觀又悲觀。

小說中的我是那麼地慧黠講究又那麼野生狂放，把自己想像成物的宛若一棵樹或一扇門的當裸體模特兒時的完全不在乎，看過太多老電影卻仍老記得那更早年大衛林區的《橡皮頭》比《藍絲絨》動人也嚇人，沉浸於放映怪異實驗藝術電影裡一隻巨大鯨魚在怪房間漂浮的無比迷離……一如當年我也在那個城市時所也揮之不去的某種心酸，不免懷念起所有炫目的這小說中的動人……終究也不過是種幻覺，即使在那個剎那曾經發光了也只是幸福感閃現的最後一瞥的不捨又不忍。

然而小說中的我一開始至最後卻都仍是倫敦的完美標本，或許也是那個城市所收集的終將壞掉娃娃的最昂貴最華麗版本！其實也沒有壞掉，只是在某種全面啟動的夢魘幻象的某一層會變得異常地栩栩如生。青春無敵的最後一眸，愛與死不免腐敗的凝視剎那的被下咒般的不忍，對未來的虛幻的無限放大的恐懼，對藝術家的欽羨及其光環的終將落陷，太像貴金屬光澤的救贖與無法救贖，種種快轉餘緒的種種瞳術的太深刻也太使小說中的我受苦。

「在牛津街一座教堂附近樂器行二樓練完團之後，參加的長得好看穿越軌服裝過多鼻孔穿環的光頭族或行動藝術家式的性和愛令人無法漠視的存在感並不做作……」倫敦，一如《騎士》這本小說想救贖又救贖不了的人生死角，一如這個我也始終充滿了眷念又充滿了怨恨的城，老是在每一個奢華古典的城中角落反諷地充滿了飽滿的遺棄感和犯罪感。

那是一群被拯救和被迫害的人們，有種很深的無力感及其絕望，又哭又鬧又意外被殺，始終充滿了好容易陷入的危機感及存在感的晃動。

「只有在倫敦才看得到……穿Alexander McQueen的大衣來野餐的女子，像是某種極致資本主義的表演，多重意義底下的被殖民，無可抵抗的自卑與神經亢奮。」書中所有的倫敦或愛情的迷人浸入到後來不免反而像一種反諷，更疏離而遙遠的低限主義藝術或攝影般，性和肉體像一種種田沙漠中的屍骨或是甜點或是生肉……充滿太知識分子或太物質性的距離感，但是卻又因此而更忐忑不安。

用某種「如果有一天我真的消失了，請妳把我忘記」的淺淺又絕望的口吻或用某種「參加的每個人都得帶一部關於夏天的電影才能進入的派對」那種迷亂又甜美的氣味……來加溫所有章節的故事角色場景的濃稠況味，縮影式地調度一如性手槍的音樂及其樂團的硬蕊迷幻、太著名歐洲史或倫敦史典故的太重口味、全身都是感受器官一如一條會游泳的舌頭般那些穿ＳＭ裝扮的女同性戀或舞姿肉身太俊秀的美男子的太過刺激驚人，重讀書籍中的笛卡兒再從岔口回到馬克斯毛澤東極端階級革命的熱血……來背書。

某種性的華麗又低沉的冒險「光頭的東方女孩的我儘量不和同一個人睡第二次，也下意識避開和我一樣說中文的人……在陌生人面前話不多會被視為性感。」一如交出去最後人生的厚厚幢幢鬼影般的那鬼東西總覺得該垮掉的世代那種存在感始終的晃晃然，一如倫敦，一如這個城所有必然陰霾空洞的死角，但是，小說中的我只是一個陌生人，闖入者，也還是不想傷害或破壞什麼，只是想要藏起來躲入這種身分，這種高階的文明人城市的另一端。但是，其實不然的她卻另一端的宿命註定是要在最底層的地方呼吸，彷彿一個個極端怪異冷漠的藝術家，一個個都是尖銳怪異的肉體。

「阿格麗希蕭邦第一號鋼琴協奏曲第二樂章一開頭幾個小節中……很會辦派對熟稔電子音樂、雷鬼、銳舞的鄰居大叔對她說他其實也有提供更吸引人的大麻和很多很迷很強的各式各樣的藥。」倫敦令人到後來會不免常常覺得很氣餒因為……那個城市也不是她們想像的那樣的無垢的彼岸，其實是她們試探倫敦一如試探人生太尖端的後花園大樹長入地下室的樹根，還甚至繁殖太貪婪而一如腫瘤地蔓延長到太遠而失控的遠方，雖然後花園口是陽光充滿歡呼聲的光景。因此小說中所有的始終出現演出倫敦可躲藏的神祕角落：斑斑駁駁的舊派酒吧、劇場、咖啡廳，太多老房子也雷同的相信這種更無機的，冷冰冰的質地，彷彿只有不同灰階變化的灰，太奢侈的什麼都極限感的老城市裡的灰石牆體，霧玻璃，低調但昂貴的暗光金屬感的，太冰冷的似曾相識又似是而非的戀情一如裝置藝術般的種種離奇場景。然而，即使她們早看破了這種尋常人在這城裡尋常角落的肥皂劇人生而不想入戲更多但是卻又逃離不了……

一如小說裡頭那一個個老房子令我想到好多過去也曾在倫敦住過別人的老房子的心情的太早以前，反差自己當年太過青春人生的落敗，及其想像中但也始終沒有完成的未來。小說中的我的見證也留下曾像孤魂過的回憶，開車路過泰晤士河時流動的光景在車窗口外的遠方，在橋上看出河道上的船隻群集在那雲層低沉的天空末端。開夜車過橋時快速晃動而模糊不明的遠方天空線夜色裡的摩天輪，倫敦眼。一如這個城，一如這個人間……的永遠陰霾充滿的憂愁。

用一種「一個父不詳的女同性戀就是可以這麼豁達」的始終有太多隱約一如吉本芭娜娜式淺淺又深深的同情。在小說那故事的末端，去美國的他們開車去新墨西哥州看那一個死去的變性朋友的小孩。一如溫德斯那種公路電影的暗示，有人提及叫安娜的小北京狗是過動兒或和與主人同名的貓的溫暖，有人提及年輕時代的好友跳樓消息傳來的無感，有人提及湖邊失足死去的哥哥的惘然，有人提及始終沒有相認的父親的怨恨……更多更深的身世悄然在命運交織的汽車旅館裡竟然出現了的柏格曼式沉鬱呼喚……老是如此歪歪斜斜地令人髮指地動人。

那個小說中的我因此變成他們的烏托邦式的倖存者，或許也是一個泥菩薩過江的女神……被誤解為她們彷彿在出廠的過程的某種腦子裡的晶片或處理器就出事了，她比其他同期的娃娃更多的感應器太過敏感的測試問題，與其問這是退化還是進化，不如問我們為何也對倫敦有雷同的那麼憧憬又那麼怨恨的困擾，對變幻中的她或她們而言，倫敦是抗憂解還是蠻牛，是烏托邦還是原鄉。這個時代和這個城市對小說中的我而言，只變得像一個神祕的惡靈古堡等待騎士們般的人生的攻尖……其實裡頭有一部分是雷同的，對藝術或對人生最尖端試探的好奇，沒有愁緒的鄉愁，那就是她們賭注了自己的苦戀般的愛及其深入人間的暗黑體驗，而更用一種自己封閉式的瞳孔在收集光影，但是光線不夠垂直只好歪歪斜斜投影到底片顯影，曝光不足太久之後，即使再補光再加顯影劑量也還是面目模糊。但是，這種特殊效果般感官兩難中的忐忑不安或許也只是她們保護自己的一種刻意的疏離……

因之的疏離及其迷離，倫敦給騎士們的是……無限懷念還是無限懷疑？

騎士・目錄

「我現在很想做一件事。」

「嗯。」

「但我不知道該不該做。」她說，「妳幫我決定好不好？」

第一章

我在騎士工作的咖啡店樓上工作，因為這樣我認識了騎士。

每個週三下午上完旁聽的兩門課，我推開走廊最底厚重的木門走進操場、經過左手邊揮汗練習足球的男孩，踱步回凌亂粗鄙的新十字（New Cross）街頭，畫室就在馬路旁邊。那一排馬路邊低矮雜亂的房子，是依附藝術學院師生存活下來的聚集經濟，破敗中隱約透露出精心整頓過的、與真正的破敗有所區隔的優越感。騎士工作的咖啡店叫做Toy&Jewellery，隔壁是一間哥德風訂製服工作室，布滿灰塵的櫥窗裡總是有兩個以上斷手斷腳、再纏滿蕾絲、紗布、穿上鋼圈裙的假人。我從來都搞不清楚是誰在經營那間工作室，也沒真正看過他們把鐵門整片拉開來像樣營業，不過有幾次我坐在靠窗的位子，看見同一個妝很濃的女孩從漆黑的哥德洞穴裡頭鑽出來買咖啡。這麼說來我確實也看過幾個衣衫襤褸的酒鬼，和還戴著工作帽的工人走進Toy&Jewellery叫外帶。誰知道呢，或許便宜又好喝的咖啡是可以暫時搗亂階級生態的。

我在畫室當模特兒，以時計薪，不多不少，剛好付平菸、書，和底片的錢。丹說從來沒有東方女孩來應徵模特兒，因為這樣要了我。丹是畫室的主人，落腮鬍子爬滿半張臉，眼睛圓圓的像隻無辜的牛。我的工作時間是一次三個小時，等我下工，從更衣室穿回衣物、整理好殘妝，丹會帶我到樓下坐一會，喝東西、或者吃一點簡單的食物。我會話很少，因為疲累的關係，我比任何時刻來得更能感覺自己的存在，感覺人的需求簡單得不像話，只能專心吃喝，感覺力氣一點一點膨脹回來，感覺自己因為被剝奪而值得再次獲得。丹知道，他會讓我坐著休息，然後坐在我對面看衛報，或者和人說話。總有他認識的人坐在Toy&Jewellery，他們會聊天氣、足球，和某個據他們的說法實在被過譽的新銳藝術家，偶爾禮貌地介紹我。

如果可以我總是希望坐在靠近馬路的窗邊，那張桌子比較大，使我有安全感。認識騎士的那天傍晚下起雨，咖啡店不尋常地擠滿了人，我一個人拿著布朗尼和早餐茶站在吧台前，習慣的那張大桌子被兩組人馬分食，一組是安靜的年輕情侶，另一組看起來像是正為學術圈暗潮洶湧的人際關係困擾的講師和她的諮詢者。丹跟著朋友走去後院聊天，我正盤算著是不是就著櫃台把茶喝完，再帶走布朗尼就好，角落的桌邊有兩個打過幾次招呼的同學，而現在恰好是我最不適宜社交的時候。

「欸，妳要不要坐這裡。」有人輕輕拉了拉我牛仔褲上的皮帶環。

我轉過頭，是一個從沒見過的女孩，她坐的是吧台邊的鋼琴椅，示意我一起坐下。

我看看她、再看看店裡，就真的坐下了。可能因為我本質上就不擅長拒絕別人，而且她的聲音有些不同，話一出口，好像鋼琴椅本來就是該同時坐上兩個人，琴蓋上本來就該放咖啡和餐盤。我把布朗尼輕輕放在琴蓋上，雙手捧著馬克杯，小心翼翼地和她保持適當的距離。

「謝謝妳。」我不大習慣和陌生人距離這麼近，肩膀有點僵硬。

「沒什麼。」她指指窗邊說，「妳的位子被坐走了吧。」

我驚訝地看著她，「妳怎麼知道？」

「我老看妳坐在那啊，禮拜三下午。」

「但我不記得看過妳。」

「因為妳從來不看店裡的人，妳都看窗子外面的人。」

她說這句話的時候也並沒有看著我，她用右手把左額前凌亂的瀏海全撥到另一邊，這時候我看清楚了她的臉。她的臉稜角很深，有一邊眉毛被膚白色的疤痕隔斷，耳朵淡淡地特別從五公分短的捲髮間露出來，耳骨上打了兩三個很小的、像遙遠的星星的穿環。她說話有一個不同於其他人的腔調，那並不是利物浦腔與新英格蘭腔之間的那種不同，該怎麼說呢？她說出口的其實是近乎完美的發音和語調，但令人無法釋懷的是那個「近乎」，在她把所有的字連成一線的時候被全面性強調出來了，我不確定她的聲音從別人耳裡聽起來是什麼樣子，但她的聲音在我耳裡會一直迷路，像繞著無法企及的圈子。

「妳是哪裡人？妳的腔調很特別。」我忍不住開口問她。

「腔調？」她忽然轉過來深深看著我，停頓了三秒鐘左右。

「我小時候耳朵有病，後來手術治好了。不過花了一段時間重新學說話，大概是這樣的緣故吧。」

「喔抱歉。」我沒有料到要聽到這個。

「沒關係啊，」她拿起咖啡杯喝了一口又放下來。「已經很久沒人問起了。我剛原本還想隨便編一個說法。但不知道為什麼後來沒有。」

「因為真的答案聽起來更像是編的？」

她笑了。她笑的時候和不笑的時候判若兩人，那差距大概就像豔陽高照的倫敦與陰雨數月的倫敦那麼劇烈地大，它們各自擁有忠貞的擁護者，但無可抵賴的是整座城市的輪廓根本性地變了。她歪開右嘴角把眼瞇成一個笑容的時候，好像一座祕密的城市正把入口朝我敞開，我的胸口緊了一下。

「那換我問妳問題？」她說。

「嗯？」

「為什麼妳每次看起來都很累？」

妳看起來很累。這是一個以肯定句作為前提的問句。我看起來很累嗎？我不知道這件事。不，我想我知道這件事，或許我是一下子不能理解真的有人會像作筆記一樣觀察這件事，然後寫在筆記本裡吧。

「因為我剛下工。」

我解釋畫室的工作給她聽。

「所以妳要一直維持同樣的姿勢不能動？」她問。

「看情況。有時候他們希望練習連續動作，需要我五分鐘換一個姿勢，連畫五六個姿勢，大體說來這種情況會比較輕鬆一些；但有時候他們希望我維持同一個姿勢二十分鐘，那時就得很謹慎，要把重心放在對的地方，然後專心呼吸。」

她想了一下，「簡直像做瑜伽一樣嘛。」

「只是整個房間的人都只看著我做，而且我連瑜伽服也沒穿。」我聳聳肩膀。

她繼續問，「那妳做瑜伽的時候都在想些什麼呢？」

「什麼都沒有在想。」我回答。

我不是為了裝酷才這麼說，這是事實。把自己釘在姿勢裡的時候億萬根腦神經會各自與億萬個身體的端點聯結起來，像最專注的一對一關係，為了神聖而不自然的平衡封閉自己，不容第三者介入。

我把這些想法試圖用有限的詞彙描述給她聽，她的眼睛劃開火柴棒擦出閃爍的星火，直直看著我，有時加入一些輔助理解的正確單字，有時停下來思考，用簡單的問句引導我把話說深說遠。等我發現的時候，肩膀已經不緊了，我還發現自己一直想把手伸過去拉她的衣襬，她穿著一件薄薄的藍格子襯衫，從第三顆扣子扣起，衣領開口和她的身體中間有一道角度很美的陰影。

無法克制想觸碰，那是我想要和某個人擁有比現在更多的什麼的徵兆，我知道自己。我知道自己正處在與人相遇最初的快樂小漩渦中央，她下垂的肩膀和平板的胸部跟著我一起掉下去。

「我叫萊德（Ryder）。」她的聲音從漩渦中間傳上來。

騎士（Rider）？音節在我腦裡瞬間排成了生動的影子，好好的名字，好神氣。

像一眼把我看穿她接著說：「中間是Y。」然後把手放在鋼琴蓋上，抬頭看了看大紅牆壁上的時鐘。

「喔時間到了。」

「什麼？什麼時間？」我在想我是不是錯過了她談話裡什麼重要的部分。

她把我的杯子和小盤輕輕移到旁邊的吧台上，打開琴蓋，然後把雙手放在琴鍵上，在第一個琴鍵落下的時候同時開口唱歌。

Talk to me（跟我說話吧）
though I might not talk to you.（雖然我不見得會跟你說話）
Talk to me（跟我說話吧）
though I might not talk to you.（雖然我不見得會跟你說話）
Don' t you know you' ve been waiting（你難道不知道你一直在等待）
for me to talk to you（等待我跟你說話嗎）
Don' t you know you' ve been waiting（你難道不知道你一直在等待）

for me to talk to you.（等待我跟你說話嗎）

Break me（打破我）

though I might break you（雖然我可能會打破你）

Break me（打破我）

though I might break you（雖然我可能會打破你）

Don't you know you've been waiting（你難道不知道你一直在等待

for me to break you（等待我來打破你）

Don't you know you've been waiting（你難道不知道你一直在等待

for me to（等待我來）

我一句話也說不出來。店裡有人停下來往我們這裡看，有人如常談話，而騎士彷彿毫不在意，只是一首接著一首、沒有停頓地唱著。我站起身，讓她可以順暢彈奏所有的音符，過一會我又試著站遠一些，想偽裝成一個不曾與她接觸的陌生人，但她的聲音可以追得好遠，我有點害怕，推開門走了出去。

雨還遙遙下著，我靠在門邊想了一下，穿過馬路沒有回頭，去搭回家的公車。

§

接下來的那個禮拜三騎士找到了我。她倚在畫室外頭狹窄的木頭樓梯邊，一見到我走出畫室就把手上的咖啡遞給我。

「嘿。」她抬了抬下巴，又有點不好意思地低頭笑了。「妳想看一些很酷的東西嗎？」

她帶著我搭上往倫敦橋的火車之後再轉搭公車，我們站在橋上的站牌底下等待，整條泰晤士河和鑲在她背面的天際線都是灰的，毛毛蟲一樣的聯結公車把人吐出來又把我們吞進去。她沒有告訴我究竟要去哪，只是指著中間的空位要我坐下，自己拉著鐵杆站在我旁邊，我們向北穿進開膛手傑克出沒的黑夜，大火毀去又一區一區重建的房子，像從未發生過什麼地把疤收在磚塊之間。經過聖保羅大教堂的時候有整群觀光客喧譁地上了車，把我們團團圍住，我什麼也沒說地看著窗外，城市流過我沒有停留，我也沒有。

大概又過了二十多分鐘騎士終於開口：「應該是這裡，下車吧。」

我跟在她身後，「我們在哪？」

「海克尼（Hackney）的某處，我想。」她自顧自拿出手機撥了電話，飛快地和那頭的人交談了一陣。

「往這裡。」

騎士比我整整高出一個頭，腳步很快，好幾次我不得不把她喊住，她最後搔搔頭髮停下來等我跟上，專心看著我的腳步，雙手插在口袋裡，寬大的白色T恤被風吹飽又消停。

我們繞過一座矗立在十字路口的教堂，左手邊有一整排佔地很廣的國宅，三兩個青少年正坐在圍牆上抽菸，我們經過的時候他們抬眼又別開，交頭接耳說了一些話。過了國宅之後，街景被整排破舊的維多利亞式建築取代，騎士右拐進一條堆滿工廠廢材的小巷，走了幾步就停下來回頭看我。

「我們到了。」

我仔細看了看我們停下來的地方，是一扇毫無標示、看起來早從裡頭蛀空了的木門。試著從圍牆看進去，天色太暗，實在看不出什麼。騎士拿出手機，木門忽然就喀啦一聲打開來。

「騎士！」一條瘦得不像話的身影從門後鑽出來緊緊擁抱騎士，那熱烈的情意很有感染力，黑夜的空氣全都震動起來，騎士用力親吻他的頭頂。

「這是FA。」騎士拉著他的手，轉過身來介紹。

我看著眼前的ＦＡ，他大概只比騎士矮一點，右耳上大約三公分的整片頭髮剃得很乾淨、成寬寬的一道灰，其他的頭髮亂亂地披成浪漫的龐克，五官輪廓淺淺的、有東方人的味道，雙眼卻是清澈的水藍色，我沒有辦法一眼分辨他的國籍或者性別。

他跳來我面前伸出手，用力地握了好幾下。

「妳們快進來吧，都開始一陣了。」

ＦＡ把門閂上，招呼著我們往前院走。幾條流浪狗從黑暗裡向我們逼近，ＦＡ彎下腰摸摸其中一隻，其他便討好地跟在我們後頭，幾個冷淡的女孩站在屋前抽菸，看見ＦＡ和騎士，隨口寒暄了兩句，讓開一條路給我們進去。

我們推開門就撞上了人，往前看過去，白布幕投影著黑白影像，人們或坐或站在布幕前幾乎要溢出來，只有角落零星點了兩三盞微弱的燈。ＦＡ拉著我們鑽過縫隙站到吧台後，自己又到外頭接人了，騎士從地上裝滿冰塊的水桶裡撈出兩罐藍色的佛斯特啤酒，塞了五鎊在吧台上的塑膠盒，遞給我其中一罐，自己清脆地拉開拉環，喝了一口。布幕上有一隻巨大的鯨魚在光線透過的海水中間緩緩游動，沒有任何背景音樂，就這樣持續了好幾分鐘，我轉頭看身邊的騎士，她動也不動，湖水漲滿眼。

片子都不長，我們接著看了一部以蝸牛慢動作交尾作背景的音樂錄影帶、整場用黑色垃圾袋諧擬Lady Gaga的時裝秀，和一部惡夢一樣、關於戰爭創傷後壓力症候群的意識流短片，在我感覺頭昏之前燈終於打亮，掌聲啪啦啪啦響起，ＦＡ和另一個側臉很好看的男孩在鼓譟中走上台。

「那是ＴＩ，ＦＡ的弟弟。」騎士湊在我耳邊小聲地說。

ＦＡ很精神地說了一些感謝大家來這裡的話，說了一些為了替這間廢屋牽電弄出的笑話，台下有人大聲應和，整場嘩嘩地笑開來。他身邊的ＴＩ話很少，大多數的時候用一種極其溫柔的眼神看著ＦＡ表演。

我這時才有機會觀察這個空間，除了我和騎士身處的吧台，這裡沒有任何像樣的陳設或傢俱，牆角堆著不知哪撿回來的破沙發和過分低矮的木桌，牆上胡亂貼著聖母像和整排普普風的骷髏臉，聖誕裝飾燈泡把舞台邊緣圍亮。我猜想這原本是當地的酒吧，應該廢棄了好一陣子，拿來隔間的木頭都一片一片剝落在地，渴愛的人和流浪狗跨過碎玻璃游到對方身邊。

「這是新地點，還滿舒服。ＦＡ幾個月沒辦了，妳運氣好剛好趕上。」騎士說。「反正就是佔屋來玩，有時候表演有時候放電影、弄一些便宜酒來賣，有時候就只是朋友聚一聚。地點比較麻煩，也怕搞大了被盯上，所以要一直換。上次在布里克斯頓（Brixton），好幾個朋友還差點在街上被圍剿，ＴＩ這次就很謹慎，堅持只能朋友帶朋友，也不事先公布地點。」

ＦＡ與ＴＩ下台之後，燈又調得昏暗起來，有人架起ＤＪ台和電子鼓開始放歌，ＦＡ一路左右逢源地打招呼著向我們走來，ＴＩ一身黑踩著軍靴，跟在ＦＡ後頭像銳利的影子，我忽然覺得自己是一只被錯放的瓷娃娃，跟騎士說我去找洗手間，遁進七〇年代的迪斯可和搖晃的身體中間。

廁所意料中地髒亂，但意料之外地大，孤零零的馬桶坐在所有廢木頭和壞烤箱中間，生病許久的牆上照常貼滿了無政府主義的行動標語。正在上廁所的人或許和正要入眠的人一樣沒有防備力，適合被灌輸科學知識與革命情懷。走出廁所，我試著不引起任何人的注意，穿過兩個黑暗的小隔間，躡手躡腳走近沙發，脫離了騎士我的臉好像被燙了一個烙印，每個動作都變得很大很清楚。我拿起桌上的印刷品蜷起來讀，是一份性工作者的地下組織刊物，有訪談和詩，和徵友啟事，用剪刀一張張剪下圖片和字體貼上、排版、影印的痕跡，是令人心生珍惜的手工藝。

我想起剛剛離家到台北念大學的第二天，陰雨的下午，在手背上用原子筆寫好了女書店的住址，自己一個人從宿舍走上羅斯福路，彎進巷子，走上通往二樓的樓梯，在樓梯上逗留好久，那麼多人想說那麼多我感興趣的話，我的筆記本上密密麻麻抄滿了日期與住址。那天接近黃昏的時候我抱著一大疊新買的書走下樓，走出來的時候馬路對面有一個女生，靠在機車上一直盯著我看，在我走近她的時候她喊住我。

「妳……」她囁嚅著說，「妳是女同性戀嗎？」

那是這個社會裡不滿足的女人剛剛開始要從電纜裡站起來的時代，那個黃昏我認識了這個陌生城市裡的第一個朋友，淡橘的空氣纏綿的雨，我同時感到興奮與孤單，那是意識到自己「屬於」什麼的獨有情緒。

騎士不知道從哪裡冒出來蹲到了我身邊，雙手靠在沙發扶手上，支著頭看我。她看起來很快樂，或者是醉了，眼睛糊糊亮亮的。

「嘿陌生人。」

「嗯？」

「我現在很想做一件事。」

「嗯。」

「但我不知道該不該做。」她說，「妳幫我決定好不好？」

她的手指在沙發花紋上爬，從扶手攀到了椅背。

「怎麼決定？」

「妳只要告訴我『要』或者『不要』。」

「什麼事情要不要？」

「不會告訴妳啊。」她眉毛也沒抬，拿起沙發後頭扔著的一只爛球鞋，

「妳只需要幫我決定『要』或者『不要』。」

「OK。」我看著她，讀不透她在想什麼。

「基本上妳會問這個問題，就是內心有『要』的欲望。那就『要』吧。」我說。

「好，聽妳的。」

她微笑著撐起身體，把臉湊過來親吻了我。

我的眼睛睜得很大，她把我手上的報紙接過來放在地上，手掌壓住我的胸口，像要把我拓印進沙發裡，我變得非常敏感，我想她再不把手從我身上移開，我應該隨時就會爆炸。她撥開我的頭髮，慢慢親吻我的眼睛，然後停在距離我兩公分那麼近的地方，像注視著幾萬光年之外的行星一樣注視我。

「妳在想什麼？」不知道過了多久，她用很輕的聲音問。

「歐鯰。」我說。

「歐鯰？」

「嗯。全世界最大的淡水魚類，全身都是感受器官，就像一條會游泳的舌頭。每一次游動的路程裡牠都可以感覺到十天前死去的河蟹、就要路過的鯉魚，和正在腐化分解的冬日細菌。」

我繼續說：「我看過一支尋找歐鯰的紀錄片。一般說來我對大自然是沒有什麼興趣的，但那天卻像被釘住了一樣，坐在電視機前面把它從頭到尾看完。妳知道嗎？歐鯰一被拖上船，就幾乎不再掙扎，兩公尺長的歐鯰喔，動也不動讓人抱著，簡直像小貓一樣。其實牠是因為觸鬚被捏住了，痛得沒法動，而且皮膚一下子接收太大的刺激，根本整個傻了，沒法反應。」

「像這樣嗎？」她擠進沙發，把我的手放在她腰上，然後用手臂整個環繞我。

「沒有。」我把手垂下來，讓她可以完全擁抱我放棄的身體，「歐鯰沒有手。」

這個夜晚的後半部現在想起來像是切換成了節奏很重的彩色電影，我們在Beth Ditto狂野地吼叫時拉著手進去跳舞，許多人經過許多人都在撫摸，身體成為公用的身體。不知道是從騎士還是誰那裡，啤酒一瓶接著一瓶遞過來給我，我開始有點暈眩，這才想起今天工作了一下午，確實是該感覺疲憊的時候。我在舞池裡找了一下騎士，她正和朋友大吼著在彼此耳邊說話，我用手指指外頭，示意她我得出去一下，然後走出門口。

一闔上那扇門，彩色電影便被關在後頭，冷清的院子和抽菸的人像悲觀的哲學家劃破幻覺。我默默站到離人稍遠的地方，FA和一群人從裡頭走出來，一一把眼神迷濛、動作很大的客人送出去之後，朝我走來。

「妳還好嗎？」他真是個稱職的主人。

「還好，只是有點累了。」

他從口袋掏出菸伸向我，我搖搖頭，現在抽菸會使我感覺更加疲憊。他自己點了菸，我看見他的手腕內側有一個黑色的鑰匙刺青。

「刺那裡，很疼吧。」我問。

他把手伸得很高，踮起腳尖樹一樣向上長，「我第一次喜歡女生的時候刺了這把鑰匙，發現自己可以做這件事、可以打開另一扇門，覺得好痛快。」

他重新落地，把手放下站好。

「不過有時候也會有多了一把鑰匙鎖住自己的感覺。」

「你認識騎士很久了嗎？」我問他。

ＦＡ吸了一口菸，歪著頭想了一下，用食指用力彈開菸灰。

「我們從小就一起玩了。後來她十幾歲先跑來倫敦，我去了美國，離婚前兩年吧，才搬來這裡。」他扳起手指算了一下，「這麼想來沒有很久啊，我來倫敦。不過五六年。」

「大概那幾年的時間，過起來確實有實際上的兩倍那麼長吧。」

我沒有馬上接話。ＦＡ看起來像是在說夏天很短、街道很長，或是公車司機無故繞路那樣平常。

「結婚。是什麼感覺？」我試著問。

FA看著我，又看穿我，然後一面靠著牆做了幾個伸展動作。

「我覺得人人都該結婚一次，才知道真正的自由是什麼。」

這樣站得離FA很近的時候，他眼睛底下的疲憊忽然伸出手張向我，我想繼續開口問些什麼，卻又覺得可能冒犯這些已經安頓好的時間，於是我們沉默了一陣。

「妳喜歡騎士嗎？」他把菸扭在牆上捻熄，回頭問我。

「我不知道。」我回答，「好像是。」

「但我對她一無所知。」

FA笑了出來。

「她不也是嗎？」

我也笑了，低頭想了一下。「我有點害怕。」

「害怕什麼？」

「我沒有喜歡過外國人。」

他笑得更大聲了，左手環過我的肩膀大力地把我晃向他。

「走出衣櫃吧孩子！」他大喊，「走出衣櫃吧！」

門邊有幾個談話的男女朝我們的方向看，順著FA的句尾鬼喊：「走出衣櫃吧James Franco！」「走出衣櫃吧your majesty！」

FA問我要不要就在他家過夜，據他估計換乘夜間公車抵達我家大概要花上兩個小時，而他家就在走路十五分鐘可到的地方。我不大有禮貌地堅持去坐公車，FA了解地點點頭，拉著我的雙手說：「我會再見到妳的。」

騎士陪我走去等車，深夜一點鐘的海克尼街道仍然酒綠燈紅，我們穿過在吧外等待的隊伍，騎士伸手和幾個路過的朋友打招呼。她又醒了，被霧與這個世界的其他人包圍，剛剛在FA那的幾個小時變成閱讀過的一本小說。我聽著她聲音裡的毫無芥蒂，猜想她是否還把書帶在身邊。

「FA喜歡妳。」在站牌底下她忽然開口。

「我也喜歡FA。」我說。

「那很好。」

她沒有多說什麼，車遠遠來了，她望了望還在紅綠燈停頓的巴士，轉頭把鼻子湊近我下巴和脖子的交界，深深吸了一口氣。我忍不住把手伸過去摸了她的臉、肩膀，滑過她的整條手臂拉了一秒鐘的手，然後抬腳踏上可以前往任何地方的夜間公車，沒有拿出牡蠣卡，選了一個最不顯眼的位置坐下來。

如果現在再把手伸過去拉住她，如果解開她的皮帶，
如果再給她多一點親吻，如果脫了我的衣服赤裸擁抱她，
千百個動作在我腦海裡同時排演。

第二章

FA的無政府派對過後一個禮拜，騎士都沒有出現。事實是我對於如何可以見到她這件事毫無頭緒，我不斷地回想在我與她的談話當中是否提及任何關於彼此現實性存在的訊息，卻總是徒勞。我不知道她的手機號碼、工作地點、常去的酒吧，她給出來的訊息也相當曖昧，我不知道她把我放在哪一個抽屜裡。這使我感覺很不安全。我甚至平日也不去Toy&Jewellery了，架空的情境太容易奪走我的判斷力，得排除混亂且無處可去的揣測，得站回日常生活，我這樣告訴自己。

我的生活相當規律，花費大量的時間念書、寫字與看電影，少量的時間拍照，更少量的時間說話，總括來說所有的時間都在空想。我擁有三個室友，他們全都吃素：約伯和喬是兄弟，他們的媽媽擁有這棟房子，從出生就沒讓他們吃過肉；安娜和我幾乎同時搬進這裡，她跳舞。住進來的第二天早晨她打開電腦讓我看自己編的舞蹈片段，在鏡頭底下她的五官和眼神有一股幾乎使人尖叫的張力，我覺得她應該作個女演員。

喬的職業相當神祕，每天在家裡碰到面的時候他會大叫我的名字：「嘿！What's new?」我有幾次回答沒什麼事（Nothing.），他總不罷休地想繼續追問，但當我反問他同樣的問題，他卻回答不出來。他偶爾會說「只是工作」，但從不主動透露工作的內容。他有時背著大背包離家好幾天說去拍片，有時穿著有線電視頻道的制服早出晚歸。我曾經看過他拿閣樓清理出來的過期花花公子雜誌到網站上拍賣，看過他早起熱心觀察股票行情，看過他放在YouTube頻道模仿《教父》裡馬龍白蘭度經典口白的影片，也看過散落在他桌上像是房客要求減租的信件。「妳知道喬曾經是自行車國手嗎？」安娜有天神祕兮兮地對我說。不知道為什麼，我並沒有太驚訝。

約伯也跳舞，據說是城裡最熱門的男舞者之一，他跟著現代舞團四處巡迴，不過在三年前拿過全英地板舞大賽冠軍，他大概是我看過最高的地板舞者。約伯熱愛學習語言和從事各式極限運動，並且兩者都頗有天分，我們家的車庫被他改裝成一個小型攀岩場，不時會有同好鑽進去一整個下午，然後像剛從游泳池撈出來一樣、濕淋淋地走進客廳喝啤酒看脫口秀。約伯對於我成為他的室友這件事顯然很滿意，老巴著我教他如何用中文說「別碰我的裙子」，他說這次的舞碼得扮女裝，排練場有個馬來西亞舞者常故意拿他的舞衣開玩笑，「我想學這句話嚇嚇他。」他眨著眼說，那成為好一陣子我們家見面的招呼語。

決定搬到這裡那天下午我已經先看過三間房子，這是最後一間。看完前一間掛滿瘋狂雕塑和彩瓷小面具的屋子，我走進路邊的酒吧點了一品脫健力士啤酒，坐在滿花園的男人中間咕嚕咕嚕喝完。

在倫敦看房子對我來說並不是一件苦差事，我喜歡瀏覽租屋網站一則一則可能的廣告、打電話聽對方的聲音、約定看屋，想像你擁有如此正當的理由打開陌生人的大門，走上被狗毛纏滿的地毯、坐在他們廉價的宜家沙發上、抬頭看牆上的曼聯足球隊海報，在陌生人親切地對我說話、試圖說服我入住的時候，這個房間湊在我耳邊吹氣，許多祕密從凹陷的彈簧床墊和冰箱門上的字母磁鐵排列中間游出來要觸摸我，我感覺自己正與一名有夫之婦在毛毯底下調情，我不能不一次又一次回握她冰涼的手。只有一次機會我可以從丈夫手中和平地接收已與我一見鍾情的妻子，我會與她共度纏綿的一年或更久，然後和所有終有盡頭的關係一樣，我們的眼睛開始看往別處。

我記得坐在大紅色地毯的客廳，約伯和喬坐在我面前兩張長得十分可靠的搖椅上，我們雙手都握有一杯熱茶，還在交代身家背景和住家環境。不知道是啤酒還是疲憊的關係，我沒有聽見他們的女人偷偷靠近我的腳步聲，她只是優雅地坐到我身邊，看看兩個大男人，又微笑看看我，像是對我的心眼瞭若指掌。

「我需要妳，而且我知道妳需要我。」她無聲向客廳裡的所有人公告。

那是接近黃昏的時刻，開成三面的大片窗外走過一個牽著單車的母親和背著棕色書包的小女孩，「什麼時候可以搬進來呢？」我聽見自己開口這麼問。

我居住的小社區叫做女人井（Ladywell），藏在加勒比海族裔重鎮路易遜（Lewisham）和逐漸被一群不耐於城市、又離不開它的嬉皮與雅痞佔據（這是發達資本主義時代的偉大圖像，這兩者確實和平共存，不僅如此，他們還共榮）的布拉克麗（Brockley）中間。女人井大致說來比路易遜白、比布拉克麗冷靜，這個地名源自於十五世紀的一座井，曾經真實存在於我每日經過的小車站和轉角唯一一間像樣（意思是可以拿來約會）的餐館門口。在看完維基百科的介紹之前，我一直以為這個地名其實是「好女人」的倒裝，和許多破音字組合一樣，它們令人驚訝地互為殘酷的補遺。

身在異國會讓一個人對身處的座標一下子感到非常敏感，我開始著迷於閱讀寄居地的歷史和圖片：從布拉克麗酒吧回家的公車沿途有一間竹林圍繞的屋子，據說凱特布許（Kate Bush）曾在裡頭隱居數年；以「請將我葬在愛人身邊，替我穿好皮衣、牛仔褲、和摩托靴。（Please bury me next to my baby in my leather jacket, jeans and motorcycle boots.）」為遺言的性手槍（Sex Pistols）貝斯手席德維瑟斯（Sid Vicious）出生在路易遜；一九七七年八月中的一個週六，還不過中午，超過五千名反法西斯群眾聚集在女人井一座凹陷的公園裡，再過不久他們就會揭旗走往當時幾乎被新納粹民族陣線（National Front）所控制的新十字區，反種族歧視的指標性事件——路易遜之役（Battle of Lewisham）將攻陷整條路易遜大街，兩百多人被捕、一百多人受傷，防暴盾牌在英國警察史上首次亮相。很難想像這些不過是三十年前的事，讀過這些資料，每天早晨在公園慢跑時都覺得自己還被新納粹和他們的回聲包圍。

週五的討論課重讀笛卡兒，從某個岔口開始回到馬克思、毛澤東，與文革，極端階級革命的紅衛兵使大家熱血沸騰，我在咖啡休息時間拿起書包走出會議室；週末喬不愛笑的女朋友來家裡過夜，我看了電視上播到半夜兩點鐘的《飛向太空》；星期一中午和指導教授約在研究室，和往常一樣我們試著保持最低限度（而不致無禮）地分享彼此的憤世嫉俗，下午在圖書館三樓念書作筆記；每天早晨七點我從家裡跑向布拉克麗再從女人井公園繞回來，沖過澡之後下樓烤吐司，拿平底鍋煎蘑菇、蛋，把番茄也切成對半放進鍋裡，沖茶，向圍著睡袍的安娜報告我前一晚的夢境。然後星期三又走回我面前。

我星期三的朋友騎士真正出現已經是畫室素描課的第四段休息時間，急促的嗶聲之後我按下馬錶，歎了一口氣，慢慢把身體收回平常的姿勢，套上袍子之後抬眼看見了她。她坐在角落的地板上，看起來很專心地繼續在素描本上塗抹。我從台上垂下雙腳，穿上拖鞋，走到她旁邊坐下來，她左手握著的鉛筆還繼續動著。

「我可以看嗎？」我問。

她點點頭把素描本遞給我，那不是我擺的姿勢，我還穿上了盔甲，我轉過頭盯著她的眼睛。

「妳是太空戰士。」她轉轉手上的鉛筆，「母船上的人都一個接著一個神祕消失了，妳要自己想辦法回家。」

「我的任務是什麼？」

「回家啊。」

我揉揉小腿和膝蓋，再把手肘拉到背後伸展。丹走過來拿了一杯溫水給我，和騎士打了個招呼，又走了。

「我覺得我還不大認識妳，但妳卻已經看了我的身體。」我托著下巴看她耳朵旁邊鬈曲的頭髮，「不會太親密了嗎？」

「我倒覺得滿好的。」

她把素描本合起來放在大腿上，長長的手指也交叉放著，上面有一些小疤痕，沒有戴任何首飾。

「這樣比較踏實。」她接著說。

我懂她的意思。奇怪的是我真的懂。

「還要多久呢？下班。」她問。

我看了看牆上的時鐘，「只剩二十分鐘，大概會畫幾個三分鐘的姿勢，妳等我嗎？」

她點點頭。

§

我把騎士帶回我的小房間，我們坐在溫暖的地毯上接吻。從我的窗戶可以看見小孩在鄰居花園裡的彈跳床上下嬉鬧，她淡金色的眼睫毛和直挺的鼻子是優美的前景。

我輕輕拿手指覆蓋過她的五官，這幾天由於在腦子裡回憶過太多次而逐漸磨淡磨損，幾乎都要覺得浮現眼前的其實並不是她的臉。手指還是太遠，我翻開她的耳朵親吻耳後裸麥色的凹陷和脖子底下的骨頭，她靠在我髮間的呼吸漸漸變得急促且濃郁，像遠遠的黃沙迎合鼓舞我的軍隊。我想把她打開來看，在我們怪誕而多愁善感的祭場上，所有我幻想及從未經歷，她說話及安靜時刻，我們的失敗與為愛墮落，那節奏轟轟作響讓我的手臂長成兩倍壯大。

我跪坐起來用壯大的右手臂制住她的身體，左手從她胸間走過胃與臍、合住腰際向下滑，身體作為一種無可否認的質量猛力打擊我，我皺著眉忍受，用更大的力氣回應與碰撞。我試探地吻、又重重地吻，落實、落空，蓄意掉拍的音樂再遲遲地接上。

「等一下。」

她忽然抓住我的手腕。

在我還沒法一下子意識到她動作背後的意義時她把我的雙手用她的雙手銬起來、拉出她的牛仔褲後口袋，放在她身體的兩側。

我還聽得見耳鼓裡自己的脈搏咚咚作響，胸口比平日劇烈的起伏，我把下巴靠在她的肩膀上，試著專心感覺她的呼吸，沒有說話，也沒有思索任何事情。她的遲疑有可能是因為各種平淡或毀滅性的原因，可能與我有關、可能無關，而在她沒有真正開口之前我是沒有能力與必要從事任何理性思考的。

窗外院子裡的小孩脫掉了衣服跳進鮮黃螢綠的橡皮游泳池，拍打清澈的水發出快樂的叫聲。Beth Gibbons開始唱〈Candy Says〉，第一句話就這麼咬牙切齒，好怕她真的哭出聲來。好神祕，明明是同一首歌，Lou Reed的版本和她的版本簡直像是不同星球的生物，骨骼構造全都改了。我感受著音節間空氣的重力、名叫糖果的悲傷女人、安迪沃荷，想著歌詞裡說她恨的安靜的地方和那些大抉擇。這樣停頓了大概整整一分鐘，我可以感覺騎士壓住我手腕的力氣漸漸鬆綁，最後終於完全放了開來。

「對不起。」她輕輕說。

「最近，覺得不是很懂自己的身體。」

她的聲音聽起來不是她的，每個字像是被一條看不見的細線串著才微弱地站起來。吉他的尾奏停了，房間變得很安靜，只有空音響的嗡嗡聲規律地襯著底。

「有時候好像在生什麼氣。」

「生氣。」

我像壞掉的機器複述她的關鍵字。

「欲望嗎？我常常覺得欲望裡有很多暴力。」

她搖搖頭，眼睛暗暗的。

「不是那個。是有一個什麼東西老是超前欲望一步，也老是差一步，」她低頭玩著我的手，翻來翻過去，然後握著，那手心的溫度和我一樣涼涼的，像條落單的蛇。

「吃抗憂鬱的藥也會有類似的感覺，只是吃藥的感覺還是安全的，像跟什麼都隔了一層膜，但這個我不懂的東西會讓我覺得危險，好像我的身體負擔不了我，表達不出我，越往前進，會越來越生氣，我會害怕。」

「我想我有點懂妳的意思。」我把手翻起來換握住她的。

她繼續說：「比方妳親吻我、撫摸我，妳看不到但我整個人都在發抖，那太大了，我沒有辦法正確地拿出我所感覺的所有、透過我擁有的這具身體來和妳對話，只能停下來，不停下來不行。以前不會這樣的。」

「妳不要誤會喔，我一點都不討厭我的身體，我覺得她很美。只是最近有時候覺得她有點可憐，對於表現『我』這件事她能使的力量這麼有限、這麼小，想到那個宿命的落差，有時候會覺得很感傷。」

「又生氣又感傷？」

「嗯，又生氣又感傷。」她重複我的話。「瀑布一樣的落差。」

我想像著一道可以打穿深山睡石的瀑布，無聲且猛烈。「從上面跌下來會碎掉。」

「弄不清楚，好不甘心。」她抬起頭，很淡的褐色眼珠看著我，我伸手撫摸她雜亂的眉毛，她真美，弱點使她更美。

遠方傳來女人的喊叫聲，那是我家後方一間隱蔽的安養中心，一個月有幾天，會聽到同一個聲嘶力竭的聲音大喊「媽媽」或者「放我進去」的聲音，約伯說大概是精神狀況不大穩定的老人暫時被放置在院子裡隔離，有時白天有時在深夜，她總是一邊哭一邊喊，聲音會越來越啞、越來越微弱。她也和嬰兒一樣，哭累了就睡著嗎？

「看見妳的時候覺得好奇怪。妳的身體好自然。不是很平常的那種自然，妳有一些畸零的小動作、別人做感覺起來會很奇怪的，但放在妳身上卻覺得再自然不過。」她說。

「可能是因為我很放棄吧。」

「放棄？」

「放棄自己，把自己完全當成一個『物』，像一棵樹，或者一扇門，承接所有的目光和偏見，沒有招架之力的。這樣無差別地承受之後，它們就會全部消解。」

「像被畫那樣？」

「嗯，像被畫那樣。」

「所以那個看起來的自然也是一種鬥爭？」她終於露出一點笑容。「真有趣，大家都用自己的方式在打仗。」

「大家？」

「像ＦＡ啊，婚禮那天，細細的長髮上別著純白的紗，我站在他旁邊，話都說不出來，覺得他簡直像天使一樣。」

「但他說現在這樣子感覺比較對、比較有力量。」

「他變得好瘦，剛開始用荷爾蒙副作用有點大，他好幾次半夜跑來找我，什麼都沒講只是要我陪他看電視，我們就坐在沙發上一直看到睡著。有時候看著他，我的心會忽然絞得很緊。」

我注意到她用了男性的「他」作代名詞。

「ＴＩ呢？ＴＩ看起來很正常。」

騎士撇著嘴，揉了揉太陽穴，「說實在的，我沒看過ＴＩ跟誰走得比較近。」

「其實我懷疑他不跟人睡的。不過他好像也不覺得這有什麼，向他示好的人大概可以從這裡排到格林威治天文台吧，但他都像俊美的希臘雕像一樣紋風不動。」

騎士站起身來，又仰躺在我的床上，盯著天花板上不知道是不是前一個房客留下來黏在上頭的貝殼。

「一開始沒有人知道我的耳朵有問題，因為我並不是完全聽不見，我以為世界上的聲音聽起來原本就是這個樣子，家裡的人也以為我只是反應慢、不愛說話。發現耳朵有問題的時候，他們弄不清楚問題在哪裡，試著在我的後耳植入電子耳，要矯正我的聽力，但機器裝進去之後，只要嘴角彎曲的弧度稍微大一點，我的頭就開始劇烈發疼，眼淚都要一直掉下來那種疼，所以有半年的時間我一次也沒笑過，每天心情都很壞，ＦＡ和ＴＩ大概是我唯一的朋友。

「我記得有一次一起玩的時候，我忍不住親了ＦＡ，結果嚇到的是我。我轉身就跑，覺得好緊張，覺得ＦＡ可能再也不會理我了，還怕ＦＡ被我傳染到耳朵不好的毛病。我躲在公寓天井後頭的樓梯間，從白天躲到黃昏，ＴＩ一邊喊我一邊哭，最後還是ＦＡ找到了我，一句話也沒說，牽著我的手走回家。」

我安靜地聽她說，她說這些話的時候聽起來並不哀傷，反而像隻鹿跳著，有時穿插一些笑聲，所以我也一起笑。沒有人的童年不值得一笑置之。

「我要離開柏林的時候，ＦＡ說『我不會去看妳的』。我想她大概是在生氣，但我沒問她到底在生什麼氣，我只是沒辦法再待在那裡了。妳知道那種感覺嗎？非得到一個新的地方的感覺。」

我坐遠了看她，想像如果現在再把手伸過去拉住她，如果解開她的皮帶，如果再給她多一點親吻，如果脫了我的衣服赤裸擁抱她，千百個動作在我腦海裡同時排演。問題是她不能接受的並不是我。我繼續像要把她融化一樣地看著她，安養院的女人已經被時間制伏，天漸漸暗下來。

我想把她打開來看，
在我們怪誕而多愁善感的祭場上。

我既羞恥，又感覺與他的寂寞無比親近。

第三章

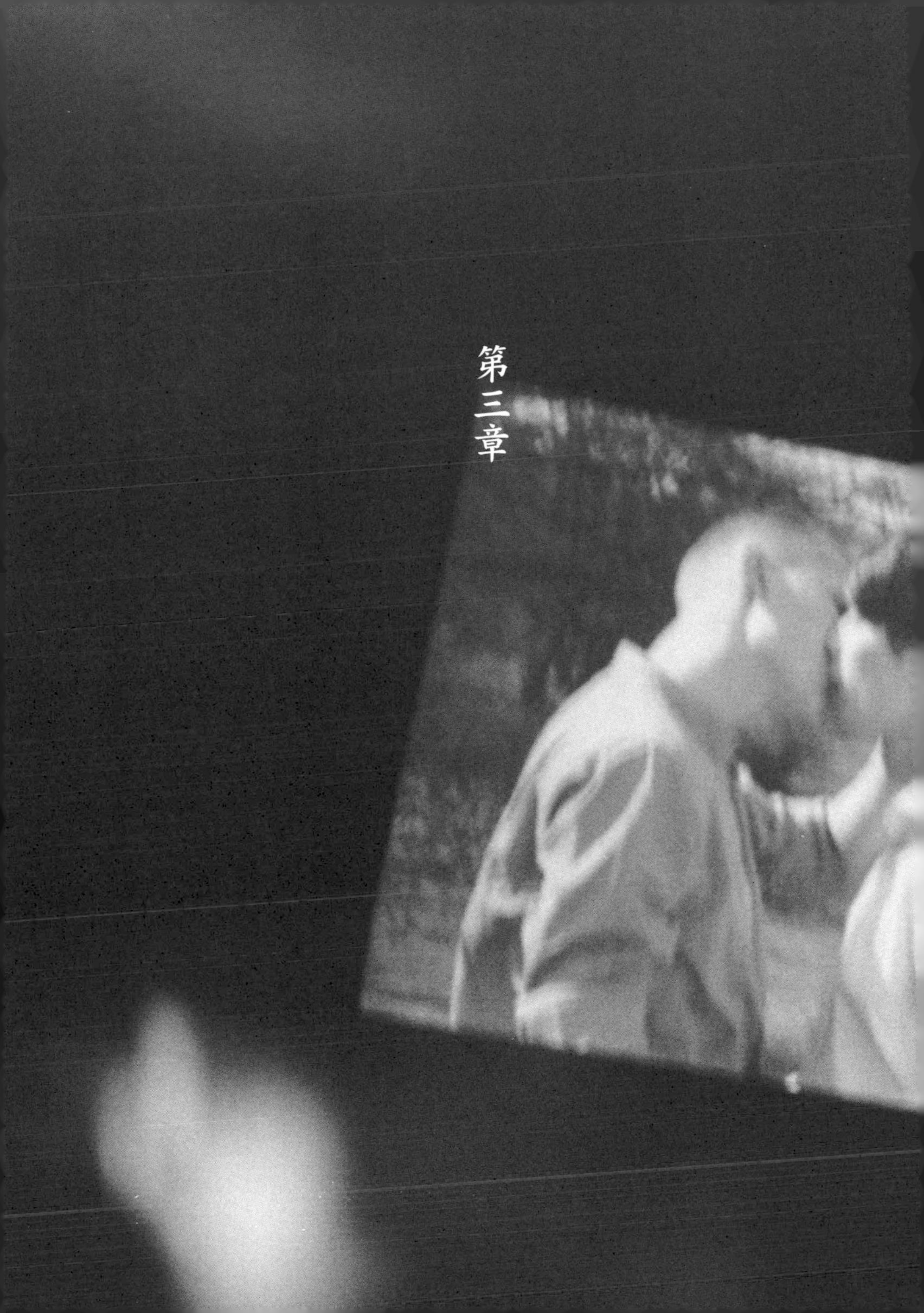

我喜歡火車。

從女人井車站搭火車到市中心的查令十字（Charing Cross）車站只需要二十分鐘，中間會經過鄰居路易遜（Lewisham）、荒雜的聖約翰（St. John）、新十字戰場（New Cross），和沃特盧東（Waterloo East）。鐵軌會流過許多塗鴉和人們曬著衣物的庭院，路易遜和聖約翰中間有一間二手傢俱店，這間二手傢俱店以一種爆炸拼貼式的美感堆積所有的石膏像、路標，以及白鐵床架，坐在火車上可以看見停在屋頂的粉紅色敞篷車模型和真人大小的雙頭眼鏡蛇銅雕，敞篷車裡坐了一尊盤坐的塑膠人，靜靜看走每一班車。

沃特盧東車站、沃特盧國際車站，和地鐵站併在一起，就成了一座看起來跳上任一列車就可以抵達天涯海角的車站。規模偌大的沃特盧東車站奇怪地和小得可憐的女人井車站一樣，都沒有查票閘口，所以我時常逃票。一般來說，早晨上班和下午茶時間容易有查票員守在月台出入口，避開這些時段仍然有百分之十被開二十鎊罰單的危險。但我仍然儘量不買票，這是原則問題，是對外籍學生荒謬高額學費的、無濟於事的抗議。

從沃特盧車站走出來，過一座小山洞，就到了南岸（Southbank），來看表演的人群和滑板少年來回織成一張抒情的毯子。繼續走上橋的話，和鐵軌並肩跨河、下橋，穿過堤岸（Embankment）地鐵站，會抵達查令十字。有時候我沒有熄菸就走進門戶洞開的堤岸地鐵站，五秒鐘通過的時間，讓身後的煙和來不及瞪我的老先生跟著我走上查令十字車站邊緣窄窄的石板路。石板路右手邊很容易錯過一間歷史悠久的地窖紅酒吧，和一般酒吧不同，戈登紅酒吧大概在晚上十點左右就會搖起歇業鈴，而那通常是地窖裡正酒酣耳熱的時候，根本沒人理睬。搖鈴過後十分鐘，燈殘酷地熄滅，整座吧會響起海嘯一般的巨大歎息聲，然後所有被拋出來的酒客無助地站在石板路上左右對望，在那時刻暫時真正成為了同一國人。

騎士的練團室在查令十字路底、幾乎要到牛津街（Oxford Street）的地方、一座教堂附近的樂器行二樓。她的樂團風格有些出乎我的意料，更電、暗很多。簡單說明的話，大概就是可以跳舞的 Blixa Bargeld。那天在Toy&Jewellery 看到的不插電 Rufus Wainwright 式表演，據她的說法，是她「星期天早上吃剩的燕麥粥」，我沒問下去，那或許是「確實屬於我，但不值一提」的意思吧。

把騎士帶回家那天過後，騎士好像漸漸把我當作朋友了，或者說，我「可以感覺」她漸漸把我當作朋友。會這樣說的原因，是因為我發現，自己在面對一個新的語言系統時，對於分辨「程度」這件事有著難以突破的障礙。於是究竟是她真的這麼做了，還是其實她一直如此、是我至今才有辦法感覺到？又或者，這兩者根本上是同一件事？許多時候我覺得自己是一部年代久遠、正需重新修訂的辭典，現在所急迫需要的，是收集足夠的基本素材、編排出不致偏頗的對照定義。至於那些高明的冷酷的幽默，或者言外之意，大概要出醜更多次才校訂得出來。

ＦＡ的女朋友佐拉也是團員，她打手語。第一次看見佐拉打手語的時候，我的眼睛像被三秒膠黏住一樣離不開她。她飛快而有力地揮舞手勢，嘴唇誇張地隨著歌詞張闔，又旋轉又敲手，表情之生動，磁鐵一樣把有時疏離的音符和腳步吸在一起，驚人地真正用整副肢體翻譯了整首曲子。

佐拉並不是基於任何切身的理由開始學手語的。「人人都只學法語、學西班牙文，好去那些國家旅遊、理解那些文化，但我想學手語。」她一面把頭髮用原子筆盤成髮髻一面說。我覺得她超級酷。

ＦＡ和佐拉分別出現的時候各自有各自的美，但合在一起會變成一種侵略性的、炫耀的美，像所有公路電影裡會出現的、惡名昭彰的亡命鴛鴦，Bonnie & Clyde、Sailor & Lula。那不全來自他們長得好看，或者越軌的服裝、過多的鼻環穿孔，而是帶有一種光頭族（skinhead）想吃掉整條街的生猛氣息。有時候我覺得他們是一組行為藝術家，他們之間的愛情和欲望就是有機的行為藝術，把身體性的直覺和有意識的政治意圖同時混合展示出來，發生到空氣之中後又對周遭的環境產生相應的質變，那種無法漠視的存在感並不做作，而令人詫異地相當自然。

練完團，ＦＡ也過來了的話，就會吵著要我帶他們到中國城找東西吃。我帶他們在南腔北調的壞英語中間穿梭，到街角的小店找叉燒麵包、進窄巷的馬來西亞餐廳喝拉茶，人多的話吃合菜就划算了，我藉此練習用英文解釋各種千奇百怪的中國菜。

有幾次我拉著騎士鑽進午後的查爾斯王子戲院（Prince Charles Cinema），

這間二輪戲院藏在星光閃閃的萊斯特廣場（Leicester Square）和滿溢到街頭的中國超市泗和行中間，我們在這裡看了《教父》第一集、《洛基恐怖秀》、大衛林區的double bill，還有一些票價只要一鎊的好萊塢愛情喜劇。我跟騎士說，大學的時候因為修了一門電影與文化研究的課，看了《藍絲絨》，受到很大的驚嚇，有好幾幕一直都不能忘，但這次跟著《橡皮頭》一起看，卻覺得《藍絲絨》實在沒有什麼驚人之處，反而早先出現的《橡皮頭》，直到現在看來還相當前衛。騎士對於不舍晝夜折磨父母的嬰兒感到格外難以忍受，好幾次藉口要上廁所或抽菸，彎著身子溜出放映廳。

「台灣，是什麼樣子的地方呢？也像香港嗎？」

看完亞洲影展裡杜可風的紀錄片《In the Mood for Doyle》，騎士和我走在地面總是鋪了一層油水的萊爾街（Lisle Street），從沒到過亞洲的騎士看起來眼睛霧霧的，像是正被剛才的電影帶著穿越一大片海洋。

「我第一次去巴黎，覺得巴黎亂亂的、人很隨便，好像台灣；走在舊金山街頭，陽光和人有時候也讓我錯覺回到台灣。好像到哪裡都覺得有點像台灣，但真正身在台灣，卻不覺得台灣像世界任何一個其他地方。」

「但妳跟他們都不像。」騎士指著所有走在中國城的東方臉孔，他們有時候毫不避諱地盯著我，好像我是他們不守婦道的姊妹。

「有一次，我坐在從查令十字車站出發的火車上，旁邊坐來了一個華人男子。火車開動沒有多久，他就開始用中文問我要不要吃花生，然後自顧自從口袋裡掏出一袋皺皺的花生米。我搖搖頭婉拒，他卻硬是抓住我的手、張開我的手掌倒了一座花生山給我。我說謝謝，試著禮貌地聊一些基本的話題，知道他從福建來，好多年了，在中國城工作。『妳結婚了沒？有沒有男朋友啊？』他自然地開口問我。平時碰到這種問題我總有各種見機行事的回答，但那天不知道哪根神經接錯，說了『沒有』。」

「壞主意。」騎士搖搖頭。

「他跟著我下了車，在漆黑的路易遜車站門口喋喋地問我要不要一起去喝個茶。我很不高明地說家裡有人等我，我得回去了。他一急，整個拉住了我的手腕：『我也沒有女朋友，我們試試看嘛！』」

「試試看、試試看嘛。」我把這句話重複唸了幾次，「我把他丟在黑不見底的夜色後頭之後，這句話還一路跟著我。」

「其實我不介意讓一個福建男子拉幾次手，感覺他在這城市還生氣勃勃、楚楚有望。妳知道嗎？沒有中國城我們不過是一些無賴，有了中國城我們便是一個幫派。既投入幫派，總有些該盡的義務。」我停頓了一下，「只是，那句話，和他的神情提醒了我，就算逃得再遠，也還有人不顧一切把妳翻出來。」

「我既羞恥，又感覺與他的寂寞無比親近。」

把這個故事描述給騎士的心情和描述給同鄉人的心情很不一樣，不以同樣的弱處彼此理解，好像確實被安慰，卻又不用擔心那些經歷的細節被傷感地同化。騎士伸出手臂把我的肩膀拉向她，另一隻手親愛地揉了幾下我的頭，我的表情鬆懈下來，把手環過她的腰，這樣一路走過了居酒屋、江浙菜館，和彭氏宗親會。

騎士熱愛蘇活區的早餐俱樂部（Breakfast Club），正確說來，是熱愛那裡的墨西哥捲餅和各種口味的smoothie。我們會帶著方才的電影走進蘇活，從一種自己人走進另一種自己人，路旁的咖啡座人們蹺腳看人，或者親暱地對望接吻，巷弄裡的色情戲院還在夢裡，巷子裡蛋黃色的早餐俱樂部其實平常得像學校咖啡廳，只是食物好吃很多，也不必擔心老是碰到教授和同學。

騎士坐在早餐俱樂部外頭的木椅子上抽菸時，身體都會靠著窗框、幾乎要躺下來那樣坐得很低，腳向前伸得很長，整個人鬆鬆的。早餐俱樂部門口的小黑板正直地立在她旁邊，斗大的粉筆字寫著：Sex, drugs and bacon rolls! 午後的陽光打下來在她身上，像某部新浪潮電影的劇照。她在我的眼睛裡長在所有電影裡。

ＴＩ的出現沒有次序可言，但每次都在吃東西，看他在十分鐘內吃完整套英式早餐實在是相當令人心情開朗的場景。「我以前覺得這些罐頭甜豆子實在太噁心，沒想到現在煎蛋不配著那糊糊的豆子一起吃，就會覺得渾身不對勁。」ＴＩ一面把盤子裡最後一片培根塞進嘴裡，一面若無其事地說。

我後來知道ＴＩ和ＦＡ的母親是個畫家，生下他們沒有多久，因為嚴重的憂鬱症不得不選擇回到東京休養。

「太少見到她，我不太有她是母親的感覺。看著她的相片我可以理解『喔，這是我的母親』，但真正見了面，我只能喊她的名字。洋子、洋子，多麼富有暗示性的一個名字。每次回去，她總是會叫我坐在畫室裡，替我畫一張像，然後讓我帶回來。我總是很納悶，為什麼她沒有想過要把我的畫像留在自己身邊呢？難道她不想可以時時看得見我嗎？」

「但我從來沒有問過她。」

ＴＩ住在Dalston Kingsland地鐵站對面，新建的大樓十二樓，一年只回來住兩個月的義大利朋友讓他無償待著，代價是維持所有植物和書本的性命。從大樓對面的小雜貨店彎進巷子之後，會遇見一個被四周的建築物包夾的小空地，什麼也沒有只有一個破舊的籃球架，斑駁的牆壁上畫了整面的傳奇爵士樂手沉默吹奏。有幾個晚上我們帶著啤酒到空地打夜間籃球，每次坐在那空地上喝酒，感覺躲在一個沒有人知道的祕密轉角，「我在這個城市也到了能夠擁有一個祕密轉角的時候啊」，有幾次從ＴＩ的陽台看過去會一下子覺得心酸。

天氣漸漸變涼的時候騎士借ＴＩ的公寓辦了一個歡送夏天的 movie all-nighter，每個來參加的人都得帶一部關於夏天的電影，這樣放一整晚直到早晨。作為來自台灣的唯一代表，我懷抱著純粹的民族意識帶了《盛夏光年》，來自特拉維夫的傑忍不住指著張孝全問我：台灣的男孩都這麼可口嗎？

新朋友緹那做了一大鍋海鮮咖哩，不知道加了什麼神祕的南洋調味料，吃了一盤就感覺眼睛晶亮亮、好像變得很樂觀。我這樣跟緹那說的時候，她開心地上前親了我的臉頰，把自己夾在耳旁的大紅扶桑花摘下來別在我耳旁，然後把我綁在手上的白玫瑰卸下來，要我幫她綁在左手腕上。今晚的 dress code 是花朵，飲料是各式各樣的啤酒，騎士說過了夏天就過了喝啤酒最棒的季節，所以今晚我們不喝其他的酒精飲料。

「怎麼一點都沒有醉的感覺啊。」ＦＡ咕噥著從陽台走進來，「我要下去買伏特加。」說著就頭也不回地拉開門走出公寓。

從黃昏開始牆面上已經播過了楚浮的《夏日之戀》、《戀夏五百日》、和《夏日遺失的二十七個吻》，人走進來、開了冰箱、又走出去，即將過時的節氣、從未過時的故事，有人擁抱著在彼此耳邊說話，有人在不遠處彈吉他，沒有人真的在看電影，但大家看起來都很享受在三度空間裡同時感覺另一個二維空間的存在，那讓酒有了內容，悲傷的事變得轉瞬可逝。

從洗手間走出來的時候我看見ＴＩ坐在洋子為他畫的肖像中間睡著了。他沒有掛起任何一張畫，只是任意地讓它們靠牆立在書房的木頭地板上，我躡手躡腳走回客廳，從背包裡拿出相機，給他拍了一張相片。

「都沒看過妳拍的東西。」窩在沙發裡的騎士看著我把相機又收進皮套抓在手上。

「要看嗎？」

我打開放在桌上的筆記型電腦，點開桌面的檔案夾，把電腦搬到她面前。

「等一下。」

騎士拿起遙控器把《是誰搞的鬼》按了暫停，莎拉米雪兒蓋勒正戴著后冠對遊行的民眾微笑揮手，不知名的魚鉤殺手在人群裡注視她。

她起身從抽屜裡翻出轉接頭，把投影機接上我的電腦，我的螢幕黑了一下，又重新亮起來，本來只在我眼睛前頭的方框被底片阻擋，經過猛烈的質能轉換、打散所有組成，穿越如此遙遠的旅程，被光打上牆，終於又回到這個世界。第一張出現的是Deptford早市，顏色很多的鐵橋底下，騎士不知說到什麼激動處，用力地圈住了ＦＡ的手腕；然後是中國城小涼亭聚賭的男人；剛吃完飲茶、站在身高全在他肩膀以下的亞洲女孩中間的ＴＩ四處張望。

我沒有給誰看過這些照片，這樣看著它們的時候，那些當時以為只是下意識按下快門的畫面一字排開說出了一個句子，我驚訝地無法將目光移開，想看懂那個句子究竟說了什麼。

「放點音樂吧。」騎士說。

我轉了轉自己的iPod、挑定音樂，接上音響。牆上打出滿是菸蒂和酒瓶的利物浦街，我幾乎是趴到地上拍了這張照片；接著是同志大遊行的時候，中國城裡的男同志酒吧外牽起一條繩，分隔所有煙視媚行的同志和逛大街的中國大叔大嬸；有一張照片裡佐拉在深夜的街頭把FA的脖子勾得死緊，閃光燈離得很近，把她們的吻打得破破的。

「這是誰？」騎士拿起我的iPod試著想辨認歌手的名字。

「江蕙。」

「她唱的，也是中文嗎？」

「她是台灣最棒的爵士女歌手。」

騎士想了一想，「很有趣的說法。」

「我從別人那裡偷來的。」

「妳的朋友嗎？」

「現在不是了。」

「為什麼？」

「她已經死了。」我把膝蓋曲起來抱著自己，「我不知道她現在是什麼。」

近百張照片安靜地結束在無言花的歌聲裡，我站起來走向廚房，打開櫃子拿下ＴＩ收著的清酒，倒了一些到小杯子裡。

「我想給妳看一個東西。」騎士接過我的電腦，打了一些關鍵字，牆上出現的是一段法國阿爾勒攝影節的實況錄影，許多人坐在斜斜的廣場上，偌大的露天布幕放著一幅一幅像是從厚厚的家庭相簿失手撒出來的照片，有直視著鏡頭的困惑的臉、激情的愛侶、狂歡後胡亂的眼妝，打扮成小丑的歌手坐在布幕的鋼琴前唱起吉普賽的歌。

「這是南高汀。」騎士說，「妳看這個，她說被男朋友打了之後，她告訴自己『一定要記住這件事』。一個月之後，她整了頭髮、塗好唇膏、戴上珍珠項鍊，拍下這張照片。」照片裡的南高汀，張著左眼未消的血塊和臉上攀爬的瘀青，把傷痕像首飾一樣盛裝佩戴。「她一生都在增補這個系列，活多久這組作品就有多長。」小丑歌手還在唱，他的聲音裡有時間，也和畫面四處漂流的身體一樣在旅行。

「好像默片。」

一面看著那錄像我一下子非常感動，覺得和許多陌生的事物如此異常親近，我緊緊抓著騎士的手臂，騎士沒說話，輕輕把我亂掉的頭髮整理到臉頰兩側。

過了大概三分鐘之後我終於發得出聲音：「我有好多不知道的事。」

「我也是。」

她用溫柔的氣音回應我。

「比如妳。」

我看著她。

倫敦的街道在夏天盡頭被狐狸接手，牠們輕巧躍過籬笆、低身穿越大型廣告看板的木架、嚼食速食店後門的垃圾袋，牠們的叫聲像一把用所有失去孩子的母親的哭叫鑄打的彎刀，劃開夜空與純潔的夢。我別過臉去看陽台上躺成三條的男孩女孩，她們看來青春不老從未煩惱。騎士從背後整個把我圍抱，我鬆開脖子和肩膀向後傾倒讓她接住我，輕輕撫摸她修長的手臂，合住她的手在手背上留下一個吻。她沒有回應，只是把我抱得更緊，我疲倦地閉上眼睛，把身體轉向她，臉躺進她胸口的湖。「睡吧寶貝。」失去意識之前我彷彿聽見湖底傳上來的回音。

妳其實熱愛不完全、異端、被歧視，和不可能。

第四章

二十九歲生日之後我開始和別人睡覺。所謂的別人，當然是指騎士之外的人。

那年我給自己的生日禮物是一個光頭。騎士在溫室裡先幫我用剪刀把頭髮剪到剩兩公分那麼短，這樣電動剃刀才不會時時被我又多又硬的頭髮擋住去路。她剪得很慢很細，我說反正都要剃掉，用不著那麼講究，她卻搖搖頭，像做工藝一樣繼續手上的作業。

我毫無招架之力地坐在溫室的椅子上，看著架在院子裡的排球網，夏天都過去了，我們還沒捨得把它收起來。鄰居很肥的三色貓正翻過圍籬踩進後頭的菜園，一副什麼都很新鮮的樣子頂著鼻子四處聞。騎士用右手輕輕扶住我的頭，左手的剃刀發出很大的噪音，我忍不住皺了眉頭。「再忍耐一下就好了。」騎士一面專注在那些很難處理乾淨的零點一公釐、一面給我幾句無濟於事的安慰。

下樓喝茶的安娜把頭探進溫室之後大叫了一聲，衝過來捧住我光溜溜的頭，然後愛憐地撫摸著它，我一下子覺得和這個世界太靠近，笑得像個傻子。剛回到家的喬像個真正的英國人，把震驚和消化震驚過後的表現劃下一道護城河的距離，簡潔地回應我的新造型：Declare yourself.

「感覺如何？」騎士捲著剃刀的電線抬頭問。

「我現在可以體會光頭的男人一直想摸自己後腦勺的心情了。」

事實是，沒有頭髮之後，我感覺自己彷彿更接近了騎士一點，或者正確來說，更接近騎士、ＦＡ，和ＴＩ，那遠比我和這個世界更為格格不入的身體，與那些驕傲。脫掉了頭髮，我卻覺得自己戴上了盔甲，好像內心原本堅硬的核被一點一點喚醒，與重出生一次的堅硬外表終於合而為一。為了配合這個絕對的外表，連表情都必須很微妙地做一些調整，走路的樣子、化的妝、選擇的衣著配件，都是如此，我開始練習不在意路人的眼神，練習把那些眼神吸收進我擺動前進的手腳之間。

剛開始走在街上會覺得有些害怕，那並不全來自於害怕被別人如何看待或對待，而來自於「發覺自己是個危險的人」。原本只是藏在裡頭的、隱隱被否認的危險，現在被自己證實、暴露出來。太接近可能傷害與被傷害，我害怕我自己。

而這一切不過是一個髮型的差異，我感到驚奇。

只不過是一個髮型的改變，迅速地我得以在第一時間被某些人劃往同一邊，省下了大概兩個禮拜那麼長的交友試探期，許多冷眼的怪物張開雙手擁抱我。我儘量不和同一個人睡第二次，沒有什麼太深奧的原因，只是怕麻煩。我也下意識避開和我一樣說中文的人，不必要的傷感容易透過語言傳染，同理可證，仍未長成我血骨的第二語言為我淡淡敷上一層保護膜。我不是那麼在意成為哪個對亞洲女孩存有性幻想的外國人投射情慾的對象，畢竟我們誰不是偷偷對著某種不足為外人道的品項戀物癡狂呢？單眼皮、寬牙縫、Elly Jackson的紅頭髮。即使是以種族為名的性癖好，我也寧願以服膺作為嘲弄的土壤，任它張牙舞爪漫長。因為沒有什麼尋找字彙解釋事情的耐心，在陌生人面前我話不多，有時我懷疑這也被他們視為性感，總之某種程度說來，這是一種互贏的場面。

我第一個睡覺的「其他人」，是佐拉生日派對上碰到的。那是十一月開始沒有多久的時候，天氣沮喪了好一陣子，FA為佐拉包下了東倫敦的一個地下室酒吧，從九點鐘開始放很吵的舞曲，風騷的扮裝皇后和穿戴著皮鞭皮胸罩的女人睥睨地穿梭在舞池裡，每逢整點龐克樂團會跳上台表演，音響開得像要炸掉一座山那樣大聲，調得很重的低音從地面穿過腳底，一路震進心臟裡。

大概過了十二點，酒吧真正熱了起來，一直有路過的女孩要摸我的頭、過來搭訕，我大概是有點醉了，跟每個人都可以進行毫不尷尬的長串對話，這些對話不知從何而來，又穿過我的嘴唇不知所終；有時我躲進角落，想整理一下面對這麼多漂亮的人的那張自己的臉，FA總是有本事從烏漆抹黑的沙發和外套堆中間找到我、拉我出來舞池、補酒給我喝。她和佐拉今天黑眼影黑嘴唇、一身蝙蝠勁裝，長大衣緊緊跟隨腳步很疼的皮靴。像擔心這樣不夠張揚，佐拉還在FA的鉚釘項圈上拉了一條比我的手腕還粗的狗鍊。

「她牽我過來的時候，連要去小店買口香糖老闆都不願意賣給我們。」FA得意地笑，然後拉起佐拉的手背親了一下。

騎士一直到快一點鐘都沒有出現，我沒有打給她，也沒有問FA。我用和喝進去的酒同等分量的水保持最低程度的清醒，那代表我得一直跑廁所。

這不是件令人愉快的事，但根據我有限的經驗，會比隔天難受到怨天尤人的宿醉來得划算太多。女廁裡頭接近門口的地方坐了一個胖胖的黑女人，她把狹窄的洗手台布置成女明星的梳妝台，點起亮黃的大燈泡，擺齊聖羅蘭香水、香奈兒五號，和淺淺的小費盤，在每個女孩走出廁所的第一時間遞出溫柔的面紙。她是門外調情戰爭的大後方，只是那戰爭本身對她毫無意義，我想她打心底鄙視我們。

一點半左右，這個叫做仙妮亞的女孩在廁所門口堵住了剛洗手出來的我。她就站在我面前開始介紹自己，音樂太吵，她得放慢速度大聲重複自己的名字三次，這令我感覺有些抱歉。她接著很自然地拉住我的手到吧台點了一瓶海尼根遞給我，我接過酒瓶，舉了一下向她致意。我們站在吧台邊面對面，保持著像方才在廁所門口相互介紹那樣的個體距離。

「妳不必因為我替妳買酒就待在我身邊喔。」

她忽然對著我這麼說。可能我的表情有點恍惚，也沒有主動要開發話題的意思。

「喔沒有、我想待。」

這是真的，我並沒有想到哪裡去。況且她對我很親切，還有我喜歡的自然捲短髮。

我們有一搭沒一搭地說了些話，我於是知道了她來自希臘、念平面設計、有兩個姊姊、討厭新搬來的室友。半小時過後她說得走了。我酒喝得太多，眼睛霧霧的、開始有些看不清楚，盯著她在搖晃的燈光底下低頭看手機的樣子，忽然被「真想拖住些什麼」的念頭擄獲，就吻了她。我伸手拉住她的褲頭，把她拉向我，然後把頭埋進她的脖子，女孩好香，女孩有女孩香。拖住她十分鐘之後她決定把我撈出地下室，離開酒督察站崗的門口，和一如往常重播的女同志drama，我好像瞄見佐拉蒼白的臉目送我走遠。

她想進入我的時候我拉走她的手指，用比她更強的氣勢把她翻過來、進入她。她長長地低哼一聲，我不由自主清醒起來。但我想體會這種還不習慣的清醒，並且被它保護。她的身體很溫暖，像海豚在遠遠的海洋裡翻動。我不覺得我讓她高潮了，但我們沒有多說一句話地深深睡著。

早晨醒來的時候，她看來有點抱歉地對我說十一點鐘會有朋友要來找她、下午得進辦公室趕稿子。我用力回想昨晚與她的談話，但腦子裡關於那場派對兩點半之後的事，被依然降臨的宿醉像一堵空白的水泥牆堅實阻擋。她究竟為什麼要對我交代週末行程呢？我試著突破那堵牆進行更深入的思考，但有什麼外於那堵牆的力量同時阻止著我。頭還有些昏，她還在被子裡，我避免動作過大地套上T恤和早上看來有點陌生的牛仔褲、接近恐慌地花了十分鐘翻找昨晚脫下來的戒指，坐在床邊繫好兩隻腳的紅色鞋帶，回頭看一眼，女孩的整個身體埋在紫色羽絨被裡，而那曾與我相連。我沉默了一陣，說那我先走了。

「妳屬於誰嗎？」她把頭探出來撐著，淡淡問了一句。

「也許。」我聳聳肩。我想這算是一個公道的答案。

我推開滿是塗鴉的鐵灰色大門，站在難得到令人錯愕的陽光底下，眼睛睜不大開來。這樣回家，感覺有些孤單，我拿出手機按下了ＴＩ的名字，響了三十秒那麼久ＴＩ終於接起來。

「嘿ＴＩ。」

「嗯？」他的聲音很明顯還在夢裡。

「天氣好好。」

「嗯。」

「你要不要去London Fields野餐？」

「妳在哪？」

我喜歡ＴＩ廢話很少，而且其實相當體貼。

「我不知道，Shoreditch吧，等一下去找一下公車站牌。」

「妳的聲音好像被噴射機輾過。」他糊糊地說，我猜他現在正在揉眼睛。

「身體也滿像的。」我伸了一個很大的懶腰。

「OK I need a full report.」

一小時過後我們躺在ＴＩ帶來的蘇格蘭格紋毛毯上，London Fields的草地上已經幾乎坐滿整個東倫敦的年輕人和狗，還有人一直從門口走進來。在這個人人都知道要珍惜冬日陽光的城市，如果現在有人穿著比基尼躺下來我也不會意外。

TI從大背包裡拿出一個一個小尺寸的保鮮盒，再一個一個打開，堅果葡萄乾起司塊，我眼睛都直了，還來不及說什麼話，他又撈出一瓶剩下一半的Bruichladdich威士忌。

「宿醉就是要喝烈酒。」他簡短地說明。

TI拿出兩個迷你得不像話的一口玻璃酒杯，倒滿一段指節深度的酒，我接過其中一杯，一口送進嘴裡，在舌頭停留幾秒，再嚥進去，整個喉嚨熱辣辣的。我瞇起眼睛，讓身體感覺酒精溫柔流進胸膛。路過的男女像走伸展台一樣讓肩膀和衣服為他們發言，大概只有在倫敦，才會看到穿著Alexander McQueen大衣來野餐的女子。我不能說我不享受這極致資本主義的表演，那讓我暫時忘記騎士沒有出現、仙妮亞帶我回家、汗濕了又乾卻沒有機會沖澡，這些隱隱相關的瑣事，並且切實感覺自己身為一個多重意義底下的被殖民者，在殖民帝國的榮光底下無可抵抗的自卑與神經亢奮。

陽光不可思議地又張得更開，看人看累了，我戴著ＴＩ的墨鏡，縮成一隻瘦瘦的蝦子。

「ＴＩ，我沒那麼偉大。要突破的好多，又不能逼，還得等。等好累。我沒有非得和誰睡覺非得和誰擁抱在一起才感覺溫暖，只是這樣也行、那樣也可以，那為什麼不睡呢？我的願望這麼簡單，只是一隻小動物的心情，我喜歡騎士，想和她像普通的女同性戀情侶一樣做愛，想在她的身體底下得到動物式的高潮。只是這麼平凡的願望而已。為什麼這麼難呢？」

許多圍繞的人用餘光偷偷看著ＴＩ，ＴＩ的眼睛盯著我，像要把我易碎的玻璃眼珠盯破。

「妳知道嗎？妳並不追求平凡。妳不懂妳自己。」

「妳其實熱愛不完全、異端、被歧視，和不可能，妳只是想把它們視為平常，想被他們接納，妳內心的階級制度是和大多數人相反的，妳為不是他們但卻動物式地想與他們親近而感到幾乎原罪性的痛苦。」

我還想得起來那天下午日光下持續走動的人、遠遠的笑聲，ＴＩ排開眾議專心要告訴我他看見的、還不被我自己承認的我。他大概是我來英國之後遇見最有智慧的一個男人，但他這麼年輕。我沒有膽量問他這些理解和觀察從何而來。他必定與我不同，好像不把自己投入到漩渦中間，便無法進行對某個命題的體會與思索，但他對我的理解卻可以遠遠超過我自己的透徹。

兩個男孩走過來和ＴＩ打招呼，是之前和ＴＩ合作過的設計師和攝影師。ＴＩ有時接一些平面模特兒的案子，酬勞很不錯，但他很節制，「這樣的事做太多了力氣會渙散掉。」他說。

他們聊了一陣，男孩問我們要不要一起去Rough Trade聽朋友的新歌發表會，ＴＩ看看我，輕輕地說下次吧，我禮貌地微笑，在他們離開之後繼續把頭埋進毯子裡，所有的味道都好重，我想我現在真的不大合適移動。

空氣冷到我和ＴＩ都開始搓手縮起肩膀的時候，我們收起毯子、酒和保鮮盒，ＴＩ牽著單車和我一起很慢地走在公園外緣的人行道上。我得回到河南岸的、我安全的女人井了，首先我要泡一個長長的澡，乾淨之後接著想聽到一點騎士的聲音。

站在Dalston JuncTIon車站入口，ＴＩ低頭看著我，「不要太憂愁，故事很長的。」

「我知道。」

我輕輕地說，和他擁抱道別。

我曾經想過更早一點遇見妳，
在我還沒有對那麼多事（和自
己）產生懷疑的時候。

第五章

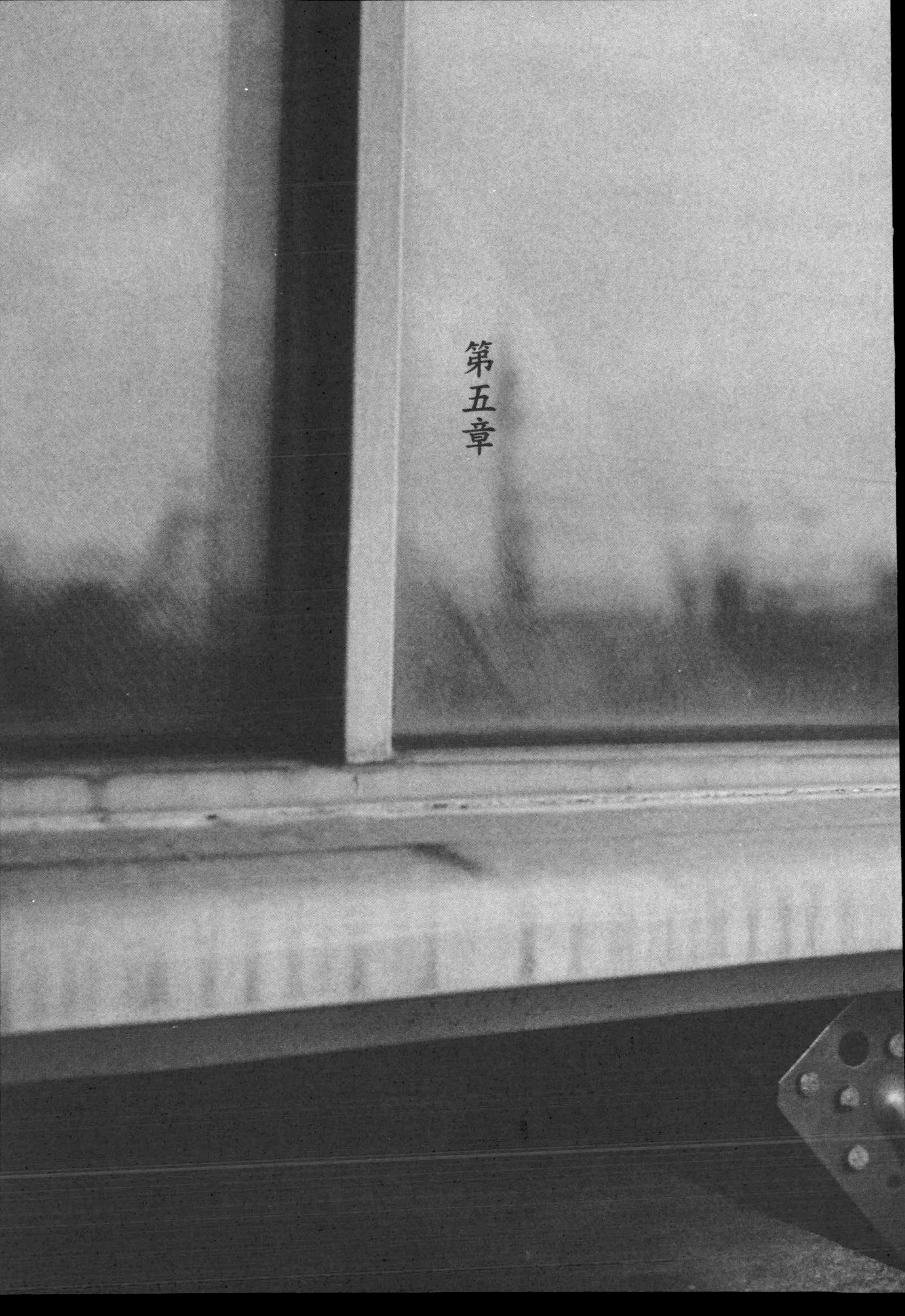

假日之前學校裡的人走路都變快了，也變得更沉默。週二下午我坐在圖書館念書。我討厭這個學校的圖書館，燈光惡劣、地毯是骯髒的工業綠，人們毫無知覺地在醜陋冰冷的桌椅之間為知識頭疼。除了四樓的電影區。我可以暫時被古怪而廣泛的電影收藏分心，所以我老是坐在影片架旁邊的大桌，一面劃重點、一面把它們在筆記本上重謄一次，想把陌生的文法和用字記下來，重寫夠多次，或許就可以比較不生硬地使用它們。雨跟著濃墨的烏雲毫無意外地掛滿窗和之外的地方，我想起已經一個多禮拜都沒有騎士的消息，從書包裡拿出手機打了一行訊息傳給她：「我恨下雨天。」

她也回傳了短短的一行字：「我在急診室。」

我趕到瑪莉波恩眼科醫院的時候，她在候診室與一名老婦人並肩坐著，應該是淋了一些雨，整頭亂髮，眼神有些憔悴，像隻找不到主人的大狗。

「我沒想到妳會來，妳不忙嗎？」我沒回她，把傘收了坐到她身邊。

她說早上醒來發現左眼的邊緣視野彷彿變窄了，不以為意地去打工，接近中午的時候整隻眼睛看見的東西卻都暗了下來，只好來掛急診。醫師替她點了散瞳藥水，初步檢查不出什麼異狀，懷疑或許是身體的其他部分發出警訊，要把她轉到別的醫院做深入的檢查，但今天算是結束了。

隔壁的老太太本來安靜地聽著我們說話，後來開始和騎士攀談，說起她和先生在鄉間有一座小農場，兒子在倫敦的銀行作專案經理，今年冬天會冷得很長。可能是怕我沒有參與感，騎士把手放在我的腿上對老太太說：「她對我好好，大老遠跑來陪我。」

老太太瞇著眼對我笑：「妳看男人就是這樣，像個小孩。」我心懷溫柔地對著老太太微笑回去。

我們走出醫院，漫無目的地轉進巷子，騎士看起來很疲憊，我則困在自己的蟲繭裡，思索她那令我感到困窘的、對我的沒有期待。我們都沒有說話，也沒有問對方接下來要到哪去。原本只是細細飄著的雨像是忽然想到什麼一樣、發出嚇人的聲音唰唰地砸下來，感覺到疼的時候仔細一看，竟然是冰雹。騎士把外套脫下來給我從頭披著，路上的人狼狽奔逃。我們鑽進眼前轉角的咖啡店，女老闆體貼地遞給我們一疊紙巾。冰雹和坐在那等著我們的小店都不像是真的，我們點了熱茶，坐在面窗的位子看著對街鎖在路燈下的單車，橫越馬路的女人撐著幾乎要被打歪的花傘，路面還無法消化一下子來得太猛烈的冰雹，積起了一層腳踝深的水。

我把墨鏡借給騎士，她的眼睛現在很畏光，戴著我艾爾頓強式的鏤花墨鏡，使她看起來充滿了扮裝式的諱莫如深。

上次見到騎士的時候我告訴了騎士我和別人睡覺的事。

騎士對我外於她的生活並沒有任何探詢的意思，她偶爾會問我週末做了什麼、去了哪裡，其實沒有什麼必要，但我就一五一十說了出來，說我去了哪裡、遇到誰、和她過夜。我想我是存有一些壞心眼的，但那究竟是什麼意義上的壞心眼呢？

我說完之後，她沒事似地問我感覺如何，還開著輕鬆的玩笑，我無法分辨那玩笑裡其中是否包含著一絲絲的嫉妒，或者只是她故作姿態的灑脫。那輕鬆使我感覺受傷，但我沒有表現出來。她越是對我沒有獨佔欲，我越為她瘋狂，而這都令我比之前更加困惑。我比以前變本加厲感受到把身體打開的欲望，那不是經由理性思索得來的結論，而是身體拎著求救的我沒有目的地流浪，是一個很微弱的聲音在耳邊告訴我：唯有更開放，才有機會保護我那已為她堅實的愛。

「我們去看電影好了。」

騎士忽然開口。

「不行，銀幕的光線對妳現在的眼睛來說太強烈。」

她垂下頭，歎了一口氣。

「今天好奇怪。有些日子就會像這樣，一切發生的事看來都很荒謬，又好像有什麼隱喻。眼睛看不清楚、忽然下起來的冰雹。好怪。妳懂這種感覺嗎？」

我看著她，想了一下。

「以前住在水庫旁邊，從住的地方要到學校的話，穿越水庫是捷徑。有一天中午我騎著摩托車趕著去上課，騎得很快，遠遠看見柏油路上一條很粗的白蛇正從馬路中間要過去，卻來不及減速，我一面大叫一面輾過去，煞車之後急忙往後看，卻什麼也沒有。我非常確定自己輾到牠了，輪胎壓過牠的身體傳到我身體的突起感那麼清楚，但牠卻憑空消失了。我感到很不安。」

「懷著這樣的心情一整天，半夜的時候，我的室友走進家門，表情木然地對我說：『小老虎死掉了。』小老虎是新撿回來沒有多久的幼貓，個性很衝，什麼都不怕，大概是這樣所以看到車也不知道要躲。我們在門前的榕樹底下挖了個洞，把小小的牠埋進去，再撒滿牠喜歡的魚罐頭，用土填好。站著念心經的時候我一直想著那條白蛇。」

「妳覺得是因果？」

我搖搖頭，「不是，不是這麼絕對的東西。比較像，牠是要來跟我說這件事，也不是要提醒我注意什麼的，只是單純要告訴我。」

騎士托著下巴看我，她今天一個耳環也沒戴就出門了，難怪我一直覺得什麼不大對勁。我看不清楚她墨鏡底下的表情，是在思索我剛才說的話呢？還是單純在看我？她停頓了一下，開口說話。

「欸今天，謝謝妳過來。」

我穿過雨簾盯著「上柏克萊街」的路牌，上邊標著這裡的郵遞區號是W1，這是西邊，我不熟悉的西倫敦。謝謝。為什麼要說謝謝呢？每聽到一次謝謝，我就好像看見自己被送上了一條和她完全背道而馳的輸送帶，那輸送帶又危險地飛快。我想說別客氣，張了嘴卻說不出話來，只能慢慢把外套脫下來，遞給她。

「妳真的什麼都不懂吧。」

沒等她來得及回應什麼，我就拎起背包從高腳椅上跳下來，推開門往雨裡走。

冰雹已經下回了雨，雨末日一樣地傾盆。我沒有回頭地一直往大路的方向快步行進，脆弱的麂皮平底鞋濕透到根本穿不住，我索性把鞋脫了、赤腳踩在水裡，這才發現自己的舉動簡直像通俗愛情電影的女主角，而且是品味無藥可救的那種 drama queen。

逃難的人從四面八方湧進地鐵站，與二次大戰時期一樣相信裡頭暫時安全。我確信她沒有從後頭跟上來，也還不想接她追過來的電話，我站在地板與空氣同樣汙濁的月台，目送走兩班客滿的列車，然後和其他因為暴雨而表情鬆懈下來的上班族擠上第三班。

說到底我也不是真的生氣，只是對一切無計可施。我只是想，不論是什麼、只要做些什麼，都比感覺只有自己困在未知座標不明所以來得痛快一些。抱著「或許就這樣了吧」的心情，我告訴自己，倘若騎士和我的關係就這樣戛然而止、不再繼續，也未嘗不是件好事。我不了解她想從我這裡得到什麼，或者我有權力從她那裡得到什麼，要這麼功利地形容我的困惑使我羞愧，幾乎和對自己的純情一樣羞愧了。

我不了解我們是什麼。我沒有想過自己有機會像現在這樣，如此渴望被定義。

我回到家和室友如常談笑，約伯破例烤了鱈魚派，安娜興奮地說她在網路上買了一組純白色的鼓，可以放在溫室練團，我們一起看ＢＢＣ的《Later...with Jools Holland》。我沒有看過的一名叫做克里斯托華倫（Krystle Warren）的歌手在台上唱著歌，只有一台鋼琴在她身後簡單地伴奏，她的表情忘我地扭曲，歌聲像厚實的手掌密密合住我的頭顱，我順勢把自己的手掌也放在她的上面。這世界上美麗的東西這麼多，感受這些美麗有時令人容易脆弱。

安娜轉過來看著我：「這太瘋狂了。」

我點點頭。她正闔著眼唱到高昂的段落，扭著窄窄的肩膀跟著曲折的轉音就要鑽開電視螢幕：

I can always find my way.

（我總能找到我的路）

But I can't come back the way I came.

（但我無能回到來時路）

I can't come back the way I came.

（我無能回到來時路）

I can't come back the way I...

（我無能回到……）

It doesn't matter to me if the glass is empty or if it's full:

（杯中是空是滿皆已無謂：）

it's what's left in the bottle.

（瓶裡還剩下什麼才是重要的事）

§

接著在越來越深入的冷之中節日到了。騎士和ＦＡ問我要不要一起回柏林，我藉口假期過後得交論文提綱，壓力太大，沒有答應下來。騎士和我都沒有再提起過那天的事。

真正的聖誕夜那天，約伯和喬把禮物塞好在行李裡，在白天全離開了，留澳洲來的安娜和台灣來的我看守這座屋子、一隻叫做「灰」的波斯貓，和鄰居託管的三隻金魚。整個倫敦是一列停駛的對外火車，安娜和我只能抱著野地露營的心情對抗被迫想家的憂鬱。我關在自己的房間裡睡到中午，醒過來吃了半包洋芋片，蹲在電腦前以兩分鐘一次的密度按網頁更新，看了畫質很差的艾略特史密斯（Elliott Smith）紀錄片，試著和幾個虛擬的人說話。

接近四點半的時候安娜戴著一頂長著麋鹿角的帽子出現在我門邊，「我已經決定我們晚餐該吃些什麼了。」然後從口袋掏出一個火紅的小丑鼻子替我戴上。

我那麼瘦、又光頭，我想我現在看起來大概就像正被某個藝人探視的重症病人。但我愛安娜，我樂意與她進行任何方向的探險。她拉著我走三分鐘的下坡路去印度雜貨店買蘑菇、奶油、全脂牛奶、一瓶便宜白酒和好幾包顏色鮮豔的軟糖，我拿出購物袋裡的相機請櫃台一直衝著我們笑的年輕女人幫我拍照，我們跨出狹窄的店門，一路跳回家。

「妳幫我削馬鈴薯。」她把麥可傑克森放進音響裡，跳了四個八拍的經典舞步。

我把馬鈴薯倒到水槽，扭開水龍頭，一顆一顆洗乾淨，她從背包夾層拿出一個鋁箔紙包和菸斗，像做工藝一樣塞好一小斗大麻、點起打火機在上頭保持距離地轉，確認它們都被照顧好了地細細燒起來。她吸了一口，吞進半口，把菸斗遞給我。

「我去了二十四號。」她看著我深深把煙霧吸進去，沒事似地說。

二十四號就是我家前面那條查德麗路的二十四號。

我家在查德麗路很深的位置，大概要過兩個大的岔路口才走得出去，幾個禮拜前的週日早晨，我走出門要搭車到市中心和朋友碰面，像平日一樣我把音樂開到最大聲，阿格麗希（Martha Argerich），蕭邦第一號鋼琴協奏曲第二樂章。一開頭幾個小節的鋼琴像珍珠一樣掉落下來，天氣好得讓人失去鬥志。

我用著饒舌歌曲的方式哼唱蕭邦，沒注意一個黑人大叔迎面走來，直直就站在我面前說了一長串話。他節奏感太好，雙手一直揮舞，整個身體左踏右晃，像在跳舞，我看傻了，怎麼也弄不懂他要表達什麼，才發覺自己還戴著耳機。但摘下耳機張開耳朵之後，被他音樂性太強的腔調分心，更是聽不懂他要說的是什麼。

我把目光向下移，他的右手拿著一包白色軟殼的香菸，都捏皺了，大概是要借火吧。於是我從口袋拿出菸盒，把裡頭的火柴遞給他。

「這是什麼菸？」他指指菸盒裡先捲好的一排紙菸。

「喔這是我自己混的菸草，不過可能有點重，和了一些斗草進去。」我拿起一支菸，「不介意的話可以試試看。」

像是一直都在等我說這句話，他咧開嘴笑了笑接過菸。風有些大，我們浪費了五根火柴才成功把兩個人的菸點好。

「謝謝。」他微微把菸抬高致意。「妳是日本人嗎？」

我搖頭。

「妳喜歡派對嗎？」

「我……」

話還來不及說完，他一股腦用更多問句切斷我微不足道的回答：「妳知道嗎？我很會辦派對，各種派對：電子音樂、雷鬼、銳舞……」「喔妳抽大麻嗎？我有各式各樣的藥，強一點的、強很多的。」「各、式、各、樣。」「有機會的話妳應該要來我的派對啊。」「妳喜歡音樂嗎？妳喜歡什麼音樂？」

他的問句並不期待什麼解答，滴滴答答掉了一地，還要繼續問，我看著他的臉，再看看地上，誘餌虛假地閃閃發亮。

「我喜歡派對，我喜歡跳舞。」我說。

「我就知道。我看得出來，妳有那個靈魂（you've got the spirit.）。」

他指向我身後，「有空來找我，我就住在二十四號。」

當然，他不只是在週日早晨嗑藥嗑到茫的大叔，還是我鄰居。

「和你聊天很開心，不過我得去趕車了。」我抱歉地說。

他不可置信地看著我，「妳這樣就要走了？」

我頓了一下，心裡盤算他若硬要拉我去和二十四號裡其他愛好世界和平的靈魂交流，該怎麼有禮貌地全身而退。

他沒再多說什麼，只是把左手舉起來：「妳不跟我擊掌嗎？」

他的眼神非常認真。我笑了，把右手從口袋裡拋出來，他一把抓住我等在半空的手掌，像真正的兄弟一樣握得緊緊的然後放在胸口一秒鐘。

我把這件事向安娜報告的時候早就預料到她的反應：「太棒了，藥頭是我們的鄰居耶！」

「我要烤很多大麻布朗尼給妳吃。」她這樣宣告。

所以我的兄弟沒有讓我們失望。一個小時過後安娜和我把廚房裡所有能嚼的東西全都攤在桌上一袋一袋打開來吃完，而潮濕的馬鈴薯還躺在水槽裡。我沒開口問安娜這是不是她原來就想好的晚餐菜單。

「我一點都不餓，但好想嚼東西啊。」

安娜一面說話一面打開能多益（Nutella）的白色瓶蓋，拿了黃色的小熊軟糖沾巧克力醬準備塞進嘴巴。我拿起一顆綠色的小熊在眼前看了好久，心裡想著究竟是誰開始提議把糖果做成大型獸類的形狀呢。她舉著只剩一點的酒瓶在我面前晃了一下，我搖搖頭。我不喝葡萄酒，它們把我的腦袋和樂觀扭緊從不預警。

「我想修頭髮，妳幫我。」

安娜看著我，焦點卻落在我背後牆上某個不知道存不存在的黑點，我接過她手上的剪刀，忽然覺得一切都不可置信地充滿幽默感，我一面咯咯地笑一面拉開所有抽屜翻找可以固定頭髮的工具，一下子拉得太用力，叉子和麵包刀掉了一地，我們兩個笑得更大聲了。

「妳確定這是個好主意嗎？」

其實我不懂她怎麼會在這種時候提議要我替她剪頭髮，也不懂為什麼自己把她右邊的頭髮打薄到肩頭，卻接著把左邊的頭髮剪齊到耳後，不過她看來毫不在意，一派愜意地把灰抱到懷裡用呢喃的貓語互訴一些耶誕情意。

「有時候覺得很多事實真是像開玩笑一樣簡單耶。」她忽然轉頭。

我把手放下來，「安娜，我剛剛差點剪到妳脖子。」

但她忽略我的警語繼續說下去：「妳看，灰叫做『灰』，因為牠的毛是黑白兩色。妳知道門口那三條金魚叫什麼名字嗎？」

「嗯？」

「『一』、『二』、『三』。」她慵懶地用雙手比出數字，「不知道是爸媽偷懶還是小孩沒創意。」

「我倒覺得滿天才的。」

我十分專心地想把所有頭髮剪成一直線，水平線那樣的直線，但三十秒後發現自己一直在用扁梳重複梳著同一片頭髮。整體看來我幻想中的直線和我的剪刀真正達成的直線大約擁有六十度角的誤差，每當我試圖緩和這個誤差，安娜美麗的深褐色捲髮就會在扁梳上打結，屢試不爽。我是被逼的，要一直梳才行，要梳開、梳直才行，這實在太挫折了，而且我頭暈得不像話。

「但牠們根本長得一模一樣啊這些金魚，我才不信那些小孩認得出來誰是『三』。」

她說的或許是對的。

「說不定有沒有名字根本沒這麼重要。」

我終於放棄努力，把剪刀啪嗒一聲放在桌上。灰被我嚇了一跳，猛然從安娜腿上跳下來，快速鑽到冰箱後面躲起來。

「只是人想要屬於什麼或被誰屬於製造出來的幻覺。」

「妳錯了，每隻貓都有一個祕密名字，像咒語一樣，叫對了牠就會對妳死心塌地。」

安娜爬上椅子試著打開約伯的櫥櫃，「東西藏這麼高，真小氣。」她排開整堆香料和驚人大罐的乳清蛋白粉，挑起一罐醃橄欖和Lemon curd扔給我。我打開Fortnum & Mason的Lemon curd用手指沾了一些放進嘴裡。Lemon curd真不是冬天的食品，如果現在是夏天就好了，如果可以大口喝啤酒就好了。我想著台灣的夏天，背心、短裙、海。夏天是戀愛的季節，這是自然定理，找一個人戀愛為了熬過長長的冬，就和動物貯糧一樣。

「我只是喜歡取名字。連我房間的窗戶都有一個名字。」她坐回椅子，拿起桌上的剪刀把玩，又拿剪刀刺了一顆橄欖送上我的嘴邊。我咬下橄欖，接過剪刀，再刺殺一隻軟糖小熊遞給她做回禮。

「叫什麼？」

「『門』。」

「那妳的門怎麼辦？」

安娜抓了抓脖子後面新剪的頭髮，她的手指在短髮裡揉來揉去，像整隊百折不撓的衝浪手，被一波一波海浪打倒了又站起來，我的眼睛離不開那些手指，還繼續著關於夏天的想像，或許這個冬天實在太長。

「今年過了兩個冬天，意志都被消磨光了。」她試著甩甩頭，「還好找到這裡，雖然比本來的租屋預算貴了點，但跟大家都還滿合得來，每天回家還可以一起煮飯吃，我覺得我們搭配得還不錯，番茄義大利麵吃膩了就吃妳每次做的那個醬油蒸蛋。我覺得我們應該要去路易遜的流浪動物收容所領養四種動物，然後就叫牠們我們彼此的名字：叫安娜的小北京狗是個過動兒，叫做約伯的兔子塊頭大但是很幼稚，和妳同名的貓，和妳同名的貓……」

她伸手摸摸我的頭。她的手掌很溫暖，我感覺自己的頭皮被深深安慰，我閉上眼睛往前蹭她的手掌，停留一陣，再睜開眼睛，這次不只安娜的頭髮，整個廚房都變成斜的，我把頭放在餐桌上，讓新世界的秩序佔領我。

§

跨年過後兩個禮拜的早晨信箱裡靜靜躺著騎士的信，我撕開白色的信封，上頭署的日期是聖誕夜，信封上的郵戳卻是倫敦：

嘿

妳好嗎？

柏林從昨天開始下了整夜的雪，從我的房間看出去，鄰居的狗開心地跳來跑去，一下就不見了。

我們雖然時常見面（最近是不是越來越少？），但很多時候我看見妳，總覺得妳好像搭上了一台單索纜車，下一分鐘就會滑離我眼前，到河的另一岸，或者另一座山。但說不定搭上纜車的其實是我，只是我感覺不到自己的動態，所以誤認了妳。

SO36的夜晚和過去沒有太大的差別，整間屋子的熊揮灑著汗水，要很努力才能擠到吧台邊點啤酒。我坐在通往舞池又長又髒的通道上，牆上貼滿了很吵的小海報，藍黃紅綠的燈光打過來又走掉。我想起和妳一起看過的一些王家衛電影，眼前的人就真的都變成電影裡走著台步命運不由人的角色。旁邊坐過來幾個從前的朋友，和我說了幾句話，又坐過來一些新的人借菸捲。一個快四十歲、藍色眼珠、叫做馬克的男人和我說了快半個小時的話，他說自己在倫敦住了十多年，又回到柏林，這麼久了他還是沒法適應倫敦，就回來了。「但柏林也變了，假的東西變多了。」他說，「我離開前的柏林，才真的是令人興奮，像是什麼都有可能發生。」

「那當時你為什麼會離開呢？」我問。

他沒有說話，吐了一口煙好像要開口，又把話收進齒縫裡。他看看我、再看看推門裡沸騰的舞池：

「我以前不知道事情是這樣的。」

妳一個人在那裡是怎麼過聖誕節的呢？妳會和安娜做中國菜吃嗎？吃完或許看一些妳其實聽不大懂的問答節目吧（我有注意每次轉到脫口秀節目時妳無聊的表情）。ＦＡ到剛剛都還一直在碎唸我為什麼沒有硬把妳拖來，他們今年在我家過聖誕。ＴＩ說存夠了錢，明年要一起回日本和媽媽過新年。

我沒有再多花力氣說服妳，因為我知道妳是真的不願意，妳有妳守住自己的方式，而我尊重那些。

我喜歡妳和我之間那些沒有說的，雖然我知道妳大概討厭它。但我相信還沒有名字的情感，相信它們純潔而且緊密。妳知道嗎？我不寫和愛情有關的歌，因為一寫就會沒有辦法停下來，但欲望是這麼小的一件事。當我這麼寫下來的時候，自己也忍不住笑出來了：這豈不是很矛盾嗎？我對別人的（比如妳的）欲望如此寬容，對自己的卻嚴厲過了頭。而被緊緊綁住的欲望，還能叫做欲望嗎？

我曾經想過更早一點遇見妳，在我還沒有對那麼多事（和自己）產生懷疑的時候，或者再過一陣子，過一陣子再讓妳看見我。如果我們夠樂觀地相信一切都會往好的方向走。

我也想知道我們為什麼相遇（像莎莉波特的電影那樣）。

那天路過Prenzlauer Berg的跳蚤市場，看見一個薄薄的、形狀很特別的口琴，覺得很適合妳，就買下來了。到哪裡都可以，只要有樂器，我從很久以前就這麼覺得。

希望回去看到妳的時候妳笑得比較多了。

FA和TI跟妳說聖誕快樂，我跟妳說聖誕快樂。

R.

欸，一起去旅行吧。

第六章

開始下雪的那天傍晚我並不感覺特別冷，或許是整屋吃素的人容易畏寒，所以老把暖氣不間斷地開著，我得時時提醒自己喝水，眼睛才不會乾得無法閱讀與工作。這幾日讀的是傑普洛塞（Jay Prosser）寫攝影中的跨性別（Transsexuality in Photography），一時無法理解從精神分析學派說起的指稱脈絡時，我就大量搜尋文章裡提到的攝影師、被攝者、電影，以及書畫。這樣以故事漸漸逼近哲學的中心，專注起來會忘記有多少電子郵件還沒有回覆、公車票價上漲，和關於自己的所有來龍去脈。當我回過神的時候夜已經很深了，從窗子看出去，雪一片一片下著，夜卻是橘色的，應該是雪地反射了街燈與家戶的光，改變了城市的顏色。

醒來時疲倦淡淡貼著我並未消去，下樓打開冰箱，才發現牛奶已經喝完了。我套上廚房裡安娜的大毛外套和雨鞋，不甘願地走出門去買牛奶和一些早餐。雪雖然暫時停下來，天空還是濛濛灰著，地上有些融雪處格外濕滑，我把外套的連帽戴上，低頭專心走著。

走到了接近巷子口的地方，地上忽然出現幾滴紅色像是血的東西。「是小動物嗎？」我皺起眉頭，不敢蹲下來用別的方式確認那是不是真的血跡。向前一看，還繼續著，應該還新鮮，都還沒有消解在雪裡。

想到可能是受傷的貓狗狐狸，現在正躲在樹叢某處舔舐傷口，或者生命垂危，也不知道究竟怎麼傷的、傷得多重，我就忍不住略過原本的目的地，跟著雪上的血跡一路向右彎、走過車站，上了路橋、走進公園裡。血跡在步道上變得難以辨認，我像追捕獵物一樣心急地追著，深怕錯過營救的時機。被稍融的雪幾乎湮滅的血滴持續到了從公園通往路易遜醫院的鐵橋上，我這才放心下來。會走在人的步道上、走往醫院，那就不會是無助的小動物。

看著漸漸遠去的血跡，我正感覺這個早晨的開始無端地似曾相識，口袋裡的電話忽然響起來。是ＴＩ。

「妳在哪？」

他的聲音甚至比平日聽起來都還要冷靜，我一時間沒有察覺他刻意壓低著聲音放慢說話，還開口想告訴他方才發生的事。

「妳現在過來好嗎？」

我抵達佐拉病房的樓層，才發現自己是進不去的。佐拉的情況已經穩定下來，但人仍然昏迷不醒，只有親人和名單上的友人才能進到病房裡。我在電梯旁的家屬休息區找到了騎士，她的臉非常蒼白，我走向坐在窗邊的她，把手放在她的右手上，她像失去所有力氣一樣把頭放在我的肩膀上好久。

那是昨夜十二點多的事。ＦＡ和佐拉從蘇活聽完ＭＥＮ的表演，要走去另一個酒吧找朋友，經過特拉法加廣場（Trafalgar Square）的時候，一群青少年對他們出言不遜、起了衝突，幾個女孩把佐拉推倒在地，混亂中有人拿刀出來刺了ＦＡ，還來不及送到醫院，ＦＡ已經失血過多，急救無效；佐拉沒有太多外傷，但倒地的時候撞到了路邊的圍欄，醫師也沒有把握她何時會醒來。

我的手心和腳底都涼了，從肋骨中間很深的地方開始發抖，ＴＩ無聲地出現在我身旁，我抬起頭，站起來緊緊擁抱他，說不出任何話，只是像要把他擠碎一樣地擁抱著他。

「沒事的、沒事的。」

ＴＩ拍拍我，只一直重複說著這句話。我踮著腳環住ＴＩ微微駝著背的身體，才發現他不是我想像中的瘦弱。有家屬推著輪椅走進休息區，看了我們一眼，又低下頭對著他們的親人輕聲細語。

今天其實是個有陽光的日子，街上的人們腳步急促地趕往四處，有人停在轉角的書報攤買了每日郵報和兩根香蕉，遊客在銅像前比出勝利手勢，柯芬園的街頭藝人正把自己整個塗成炭銀色，住在中國城餐館樓上分享同一張三坪地板的五個非法移工，都剛睡醒要走下樓喝豆漿。而路面上的雪正醜陋地融化著，帶著前夜整個城市的咆哮、嘔吐物，和我們所愛的人的鮮血一起流進下水道。

走出醫院走進一條真空的通道，這世界如常動作，聲音卻被抽走了，我看不懂其他人的嘴形，只知道得跟好TI和騎士。他們並不並肩，直直往前走著，背影很僵硬，像兩個被線吊起來的木傀儡，我懷疑我在別人眼裡看來是否也是如此。TI的父親短暫在葬禮露了臉，母親沒有出現，坐在父親身旁TI的表情並沒有任何改變，一下子FA成了一捧灰。佐拉還在睡。

葬禮過後兩個禮拜特拉法加廣場舉行了一場FA的追思會，FA的朋友、一些性異議分子，和許多邊緣族群團體在九點過後把特拉法加廣場站成一大張發光的百衲被。在這時刻上演大小不一種類各異的仇恨犯罪的城市，刺在ＦＡ身上的刀刺穿了比想像中更多的、素不相識的人，鬱積的憤怒推著人群聚，牽手為了她們不認識的人、與她們過分熟識的歧視與恨意。騎士和我遠離追悼的黑色群眾，站在對街連鎖咖啡店的門外，看著幾個朋友扶持著上台說話，ＦＡ的相片投影在布幕上頭，一張一張淡入淡出，音響裡放出Antony Hegarty唱〈我將笑著離去（I'm Going Away Smiling）〉，人們跟著大聲唱。

「她們問我要不要獻唱，我不了解這個邏輯。太奇怪了，我要是真的上台大概會笑出來，以為自己正在參加黛安娜王妃的葬禮。」

騎士盯著前方看了很久，忽然這樣說。

「走吧。」

我們穿越拿著蠟燭流淚的人群、偶爾嗚喊的警笛，幾面被改成酷兒粉紅的英國國旗在黑夜飄動。死亡是如此真實，但它所煽動的一切在此刻都顯得令人無法忍受地虛妄。太想坐在對我們的悲傷渾然不覺的普通人中間，騎士和我走進巷子裡，停在一間人聲鼎沸的運動酒吧對面、坐在路邊，騎士拿起被丟在地上的半品脫啤酒杯，打開背包裡準備好的紅牛和伏特加，以各一半的比例倒好，然後一口氣喝光。

「好想看佐拉比手語。」她把杯子放在地上。

我掏出手機，「現在來看。」

第一次看她們練團時我錄下了一小段影像，存在手機裡一直沒刪掉。周圍的醉漢大聲地談笑，蹬著高跟鞋的女孩踩出馬的腳步，我們擠著肩膀，一起看著小小的手機螢幕，聽不見錄像的聲音，佐拉的手開始跳舞，她的眼睛睜得老大，有時挑眉有時嘟嘴，奮力跺腳的時候我和騎士都笑出來了。

我問騎士她打的手語是什麼，騎士說，在和ＦＡ交往之前，佐拉有一兩年的時間都只和有女朋友的女孩約會，覺得這樣很輕鬆，也比較符合自己的身心狀態。但有一陣子，這些女朋友會無預警地同時出現在她的眼前，有的在街上偶遇、有的在臉書放上親密照片，有的打電話向她示威。她說自己其實真的不想跟她們爭什麼、也沒有太大的情緒，但這個想起來有點詼諧又有些傷感的心情很有畫面感，於是就作了一首歌叫做〈女朋友來了（The Girlfriends Are Coming）〉，幻想這些女朋友都搭著同一輛遊覽車，從同一個國家出發，路過她就從窗口扔出腐敗的乳酪和鮮花。

我們重複看著佐拉的錄像，一遍一遍，騎士笑著又講了許多佐拉和ＦＡ剛開始談戀愛的故事，這樣比我更不知節制地喝完了整瓶伏特加，扶著她去酒吧上廁所之後，我決定該是送她回家的時候了。我不大熟悉夜間公車回她家的路線，招下了覺得應該是同方向的公車，走上去，車上的人全都在搖晃，我們並不孤單。

車子前進了十五分鐘，司機猛地停下引擎、廣播請所有乘客下車，說明這是他的下班時間了，交班的人並未依時抵達，但他並不在意這班車上的人想到哪裡，請各位回站牌底下重新等車。

這不是新鮮事，每日都是如此，我歎口氣，把騎士搖醒，讓她搭著我的肩膀走在依序下車乘客的最末端，我們走得有些慢，騎士的表情刷白，我很擔心下一秒鐘她就會吐在車上。

「妳們要去哪？」

我一踏下公車，司機的聲音忽然在我背後響起。

我看看陌生的街景，又回頭看看他，搖搖頭說：「史塔克努依頓（Stoke Newington）。」

「但你把我們丟在這裡，我不知道這是哪。」

「妳上來吧。」

司機揮揮手示意我們上車，我扶著騎士回到空蕩蕩的雙層巴士，把騎士放在司機身後的座位。

「她還好嗎？怎麼了？」

公車司機從防彈玻璃後面冒出頭問我。

「我們的朋友過世了。」

「喔我很抱歉。」

騎士歪著頭倒在椅子上，我們沉默。空蕩的巴士變得很輕，轉彎進小路的時候我錯覺車子會失去重心整個傾倒，司機察覺我的緊張，把速度放慢下來。

「妳介意我問妳他怎麼了嗎？」

「他……」

我正要開口，心臟忽然被閃電擊中。

我聽見國家藝廊（National Portrait Gallery）前方十七歲的黑人男孩從背後訕笑著喊FA「怪胎」，我看見FA和佐拉大聲回罵，佐拉飛著髮走上前要對方道歉、FA跟進。男孩其他酒醉的同黨吐出更多不堪入耳的字眼、挑釁地推了FA的肩膀，FA跌倒在地，所有的混亂不過發生在兩三分鐘之間，十二點多的特拉法加廣場人來人往，沒有人停下腳步。旁邊穿著小洋裝的濃妝女孩一把拉住佐拉的頭髮，拿起手上的皮包開始用力打她的頭。刀在誰的手上呢？FA從地上爬起來衝過去要拉開佐拉和那些女孩，黑暗中的刀迎接他，一刀、兩刀、三刀，我拉著車門旁的扶杆蹲下來，刀還一直刺過來，好疼，眼睛流出鮮血。

我低著頭好久沒有辦法站起來，素昧平生的公車司機沒有再說話，載著我們滑行在危險與善意同時揮發的夜空裡，一路往北開到最底。

§

陷阱一樣的冬天壓過去，短暫的春天跳開，佐拉像下定了什麼決心一樣，一直沒有醒過來。我偶爾去看她，拉把椅子坐在她床邊，有時讀我寫在筆記本裡、她聽不懂的一些信，有時讓她聽我最近喜歡的音樂，有時候什麼也不做，只是打開一本書坐在旁邊看。他們把佐拉的頭髮剪得很短，看起來有點像《日安．憂鬱》裡頭的珍西寶。

騎士變得越來越少話，我們一個月碰面一兩次，她有時表現出十分想依賴我的樣子，但又會忽然縮進自己的洞穴裡，把耳朵和嘴巴都關上。我們存在的時空看起來和過去毫無二致，但事實上卻從某處與真實的時空無聲錯開了，說錯開也不太準確，比較像是同時得到了另一個夾縫中的時空，只是我還沒有辦法自己控制兩個時空的切換。史考特拉法洛（Scott Lafaro）車禍之後，比爾艾文斯（Bill Evans）是怎麼整理自己的世界、再開始和別的人一起彈鋼琴呢？我聽著〈My Foolish Heart〉，聽到兩分五十秒的即興，感覺過去的祕密溫柔展開，記起美麗的人已經死去，整夜為此心軟不已。

我同時發現自己無法回到學校裡。現在的這個我、在這裡、必須做的這些事，使我非常迷惑，時間成為我的敵人，從我的背面向前走，我不得不一直回頭，懷疑自己根本在開頭處就弄錯了目的地。補交第二次不成功的論文年度報告之後，我想了幾個禮拜，遞出休學申請書。系主任很體貼地替我把休學日期寫成年初的春季開學前，「這樣學費可以退得比較多。」他慈祥地說。

那是艾美懷絲開始一一取消現場演唱的時候，「她真的快死了，身體的器官都壞光光了。」在醫院工作的藥劑師朋友偷偷告訴我，她還說艾美雖然住在戒備森嚴的病房裡，但仍然會偷偷想辦法打電話給助理，安排直升機到醫院樓頂把她載走。

那是九月剛剛開始沒有多久的時候，我和往常一樣帶了食材搭車到ＴＩ的十二樓公寓，打算晚點一起煮飯吃。說老實話，比起喜怒形於色的騎士，一直看起來相當冷靜的ＴＩ反而令我感到微微的不安。

我推開門，La Roux 激昂的高音衝向我，在紙箱中間戴著黑木框眼鏡的ＴＩ抬起頭，對我張開一個很大的微笑：

「欸，一起去旅行吧。」

我們好像被時光機器送錯地點了

第七章

出發前的那個週末，我們拉著TI整理出來的、好幾個皮箱的雜物到紅磚巷（Brick Lane）擺攤。

我說服TI停在紅磚巷和巴克斯頓街（Buxton Street）的轉角，那裡本來有一間我很喜歡的咖啡店，年輕的老闆微笑很迷人，現在不但停止營業，還整個圍上了薄木板、無情地牢牢釘滿。我很想念從店裡頭看出去的樣子，磚牆上都柏林藝術家Asbestos栩栩如生的肖像塗鴉還貞靜掛著，我想念在顏色和聲音都潮水一般湧來的紅磚巷可以信步躲進這間小店。

TI和騎士對這個城市的地景變換顯然沒有我這麼多愁善感，我們在地上鋪了一大張馬賽克織毯，然後把皮箱一一打開。看見一整個箱子洋子的油畫時我轉頭看TI，他若無其事地把箱子拉過去，把油畫一幅一幅排在毯子外圍的石板路上，我頓時覺得心很酸，低下頭假裝沒事地堆放唱片和書。

好些朋友很有義氣地過來陪我們聊天、一鎊兩鎊地漸漸帶走一座小山的衣服，到了下午四點多，ＴＩ把地上好些乏人問津的雜誌和杯盤整理成一箱，走往巷子的另一頭，打算沿路分送。半小時後他抱著同一個箱子走回來，我往裡頭一看，全都是各種果汁，柳橙西瓜葡萄柚，是果汁攤的大姐拿賣不完的果汁跟他換了所有的東西，我們一面大口喝著果汁，一面把賣不出去的油畫釘上咖啡店的木板，讓人任意帶走。

我對於這場旅行的細節毫無概念，唯一知道的是，我們要前往新墨西哥州的一個小鎮，去見ＦＡ的兒子。

我拿退回來的學費訂了一張到芝加哥的單程機票，先飛到冰島、經過紐約，再轉機到芝加哥。我從來沒有和騎士一起旅行過，第一次就飛了這麼長一段路，她坐在我身邊靠窗的位子，幾乎整路都在睡，好幾次倒向我，我後來就把毯子鋪厚墊在肩膀上讓她靠著，希望她可以睡得深一些。

我們在ＴＩ的朋友阿曼達家窩了一夜，阿曼達和大她二十歲的男朋友住在芝加哥的小義大利區，他們的女兒是我看過擁有最深邃眼神的兩歲小孩。他們再過兩個禮拜要搬到洛杉磯，於是跟ＴＩ商量了把車交給他，我們出油費幫她開過去，一路可以盡情停走。

我不知道ＴＩ會開車，不過坐在駕駛座的ＴＩ出乎意料地看起來非常合適。他扭開收音機，過分爽朗的ＤＪ用一副和這世界上所有人都是舊識的嗓子播報天氣。我扭頭看握住方向盤的ＴＩ，他穿了一件肩線顯然太窄、長度又過短的刷粉紅Ｔ恤，我捏了捏他的袖子，他說他自己的衣服全都拿去擺攤賣掉了，這是ＦＡ的。

「『我』的東西，都不想要了，我本來有的東西都不重要，因為『我』

還會繼續長，可是FA沒機會了。我想讓FA的東西長在我身上。」

車子穿過黑幫電影裡會出現的工業鐵橋，芝加哥是乾淨五十倍的紐約。TI大概是第一次表達了這麼清楚、包含了「已經失去FA」這種意涵的話，想到這一點，我叫他靠邊停車，打開後座的行李箱，拉出一件過大的襯衫套上，把夾腳拖也踢掉了，換上FA底都快磨壞的全黑半統休閒鞋，竟然和我同樣尺寸。我綁好鞋帶，翻出應該本來是FA龐克或者性愛配件的手銬戴上，順手掏了一副大紅色太陽眼鏡遞給騎士。

騎士接過墨鏡，看看打扮得亂七八糟的我和TI，疲倦的臉上開出微笑，是剛剛認識她的時候、那可以把城市掰開一道裂縫的笑容。像發現只有自己看得見的、重返人間的鬼魂，我按著心臟跳回副駕的位子宣布出發。

TI決定走老公路到洛杉磯，這讓所有的行程變得迷人地無法預測。

我們通常起得很早，隨意地向前開，見到感興趣的房子、標語，或者人，就停下來閒晃一陣，到了大概下午四五點，我們就得注意下一個從Google Map上看來還算有人煙的城鎮，我們會開過鎮中心，到邊緣的便宜汽車旅館區，沿線比較一下各間汽車旅館的價錢，放好行李，然後再回到鎮上覓食。有時開在空無一物的公路上幾個小時，遠遠望見漆上裘普林（Joplin）、塔爾薩（Tulsa），或者艾爾里諾（El Reno）、高高聳立像外星人通訊器的大水塔，會覺得很安心。

從伊利諾州到密蘇里州，一不注意，眼前的植被就完全被抽換，秋天輕輕接近冬的樹木葉落已滿地，細密的枝枒幻視似地彷彿披著一張晚霞色的軟濾鏡，顏色明明來自自然，卻欺瞞了我的心，我眼睛裡的世界既微涼又變慢起來。

騎士和ＴＩ輪流著開車，跟著鏽蝕的六十六號公路鐵牌，ＴＩ指著一條不明顯的岔路，要騎士彎進山路裡、一座叫做惡魔肘（Devil’s Elbow）的小鎮。這個小鎮坐落在大派尼河的險灣中間，在一百多年前伐木順水流仍興盛的年代，所有從上游漂來的木頭全會卡在這個彎處動彈不得，封閉的小鎮因此得了這個名字。

我們停在瘦骨嶙峋的鐵橋旁、一間低矮的木造酒吧，看來這是山裡唯一可聚餐飽食的地方，小小的酒吧門口停滿了車。我下車伸展手腳，酒吧邊一隻灰色的長毛貓遠遠就對我喊叫，牠身後另一隻套著白襪的黑貓跟前跟後，應該是相當習慣人類的出入，毫無退後的跡象，反而向蹲下來的我鑽來。我走得更近，才發現門口堆棄的木材邊還有一隻右眼壞掉的灰貓，大概就是因為眼睛不好的緣故，警覺心強得多，我稍稍把手伸過去，牠就跑到散落一地的紙箱間，睜著唯一好著的那隻眼觀察我。

騎士從我身後走來，試著抱起黑貓，黑貓一下子跳開跑往屋後，在乾枯的長草間跑了幾步，又停下來看騎士，騎士跟了過去，貓又跑、再回頭等，我們這樣跟著幾隻貓走到了河邊，貓停在亂草間窩著，像別的動物，渴了就走到河邊，伸出粉紅色的舌頭舔冰涼的水。

騎士說想在這裡多休息一下，推進微暗的酒吧，人很滿，我們在靠門邊的圓桌坐了下來，服務生很快送上我點的Tullamore Dew和騎士的百威啤酒，ＴＩ靜靜喝著可樂。附近軍營的軍官包下了大半場辦著歡送派對，穿著軍服別滿徽章的大塊頭男人一一上前說話，人們從薯條和漢堡中間抬起頭哄堂大笑。牆上掛滿重機騎士的簽名照和美國陸軍歷年的招募海報，泛黃的舊照片間穿梭著大塊頭的男男女女，吧台上方的天花板吊滿了各色胸罩，看來這裡到了週末夜晚會很瘋狂。

「我們好像被時光機器送錯地點了。」騎士開口。

我忍不住笑了出來。ＴＩ、騎士和我的組合，到哪裡都有些顯眼，在一些人煙稀少的小鎮加油或者購物，我會自覺地把自己壓得更低一點，幾天下來還以為已經習慣別人用眼神和肢體飛快貼在自己額頭上的「外來者」標籤，但仔細想想，越往內陸開，這隔離的空氣恐怕只會更濃烈。

「妳看，外面這條路叫做淚滴路（Teardrop Road）。」ＴＩ指著牆上的手繪地圖。

吧台後看起來稍微年長的女人告訴我們，現在叫做淚滴路的、繞過小鎮的主要道路，就是六十六號公路的舊路線，現在已經是一條兩頭都不與外界相通的封閉道路，但她也不清楚究竟為什麼取名為淚滴路。

我們把剩下的酒水喝盡，從惡魔的淚滴處突圍，下雨的山路迷迷濛濛，我換到後座，騎士和ＴＩ說話的聲音就變遠了、漸漸不見，我窩在座椅的角落，雨下得越來越大，車子經過棒球場大小的露天電影院，我把眼睛貼著窗，還是看不到告示牌上寫的放映影片是什麼。

一路往西，樹木漸少，空氣裡的水分越來越稀薄，從奧克拉荷馬州到德州，死去的小鎮破落的屋子把過去數十年的委屈曝曬在陽光底下，我側耳來不及聽，它們就全都蒸發殆盡。從布滿灰塵的玻璃看進去，棄置的溜冰場還懸著古老的標語：「為了讓顧客盡情享受美好時光，我們不允許非淑女或非紳士行徑。」

德州與新墨西哥的州際線劃在一個放眼看不見盡頭的十字路口，稀疏的樹木歪向一邊長，銘黃色的道路縮減標誌並排在枯草上，ＴＩ把車停在路中間，打開車門對著背後剛一路開來的路揮手大喊我聽不懂的德文，騎士跟著又跳又叫，我坐在路邊，看看一片雲也沒有的天空，佔領柏油路的兩個人，眼前放著文森蓋洛（Vincent Gallo）的電影。

我們沒有放任何自己帶來的音樂，只是一直聽沿路的電台。幾天過後我發覺，美國人彷彿比英國人對披頭四更有感情，每天中午之前，無論什麼電台，一定聽得到一首披頭四的歌；然後漸漸地我們無法阻止收音機裡越來越囂張的鄉村音樂，「我想，再多聽一首鮑伯狄倫，我應該就會死掉。」騎士放棄地說，但手裡的吉他卻開始彈露辛達威廉斯（Lucinda Williams）的〈我嫉妒風（I Envy the Wind）〉。

有一大段路車子順著鐵軌走，鐵軌載著長得不可思議的列車，厚實地拍拍我們的肩膀繼續向前奔馳，遠處牧場的給水設備伸出齊整的手腳站在平原中央，我們輪著說各自失敗的戀情保持清醒，我把左右手肘支在前座的椅背上，聽騎士說剛到倫敦的時候，被各式各樣的音樂弄得好興奮，每天都想盡辦法混進吧裡聽一些新團，打好幾份工為了買一副腳踏貝斯（Bass Pedal）；

聽她說有一陣子為了逼ＴＩ戒掉古柯鹼，把ＴＩ拖到她家住了三個月。

「她室友都以為我是她男朋友。」ＴＩ握著方向盤微笑。

夕陽西下的天空染成一種奇異的漸層藍紫色，我們在車上看得說不出話，一連錯過兩次交流道的出口。終於在第五天傍晚，我們抵達了聖虹（San Jon）。

§

究竟是誰會特意住在這樣的小鎮呢？我們路過空蕩的加油站和幾條笨重的拖車，向前望去，亮著的燈很少，看不出哪裡有住家。ＴＩ放慢了速度，轉進稍微大一點的路上，左手邊出現大大的ＭＯＴＥＬ黃色招牌，底下的白色告示用紅黑字母排上「美國人經營」的字樣，招牌上E字母的燈壞掉了，像顆缺掉的門牙。

「就是這裡。」

ＴＩ轉進整叢仙人掌和野鹿頭骨裝飾的入口，把車停下來、熄火。他沒有立刻打開車門，鑰匙還插在孔裡，他把手垂在大腿上，眼睛微微朝下，好像在想些什麼，又好像空得只剩一副殼子。騎士和我也沒有說話，讓他這樣坐著大概三分鐘，他慢慢把手伸起來、拔開車鑰匙，說可以了，然後我們一起下車走向汽車旅館。

我一眼就知道那是ＦＡ的小孩，那感覺就好像在看三Ｄ圖片，近的時候看不清楚，一站遠了，ＦＡ的樣子就毫不遲疑地浮現。他本來坐在櫃台裡專心畫畫，聽見門推開的搖鈴響，就把頭抬起來，柔軟的黑髮很亂，有幾道遮住了他水藍色的眼睛。

我捏了捏騎士的手腕，騎士攢住我的手，同時緊緊盯著男孩。

「嘿，你在畫什麼？」

ＴＩ開口。

「走鵑（The Roadrunner）。」

小男孩直直看著ＴＩ。

「走鵑？」

他把手上大約四公分乘四公分大小的正方形瓷磚遞到我們面前，上頭畫了一道線，在中間點標上「聖虹汽車旅館／新墨西哥州」，向左畫了箭頭往亞利桑那州，向右到德州，底下裝飾了三種不同的仙人掌、紅綠黃紫，主角是中間一隻長腳的大鳥，頂著亮黑色的小頭冠，尾巴朝上直直翹著，男孩在上頭用奇異筆寫了「The Roadrunner」，在鳥喙下方還替它標上了「嗶、嗶」的叫聲。

「我可以為你們做什麼嗎？」

一名壯碩的中年女人從屋內腳步響亮地走出來，眉毛很開，淡淡地下垂著，年紀看起來大概接近四十歲，微濕的亞麻色的長髮梳成隨意的馬尾。

「我們需要一個房間。」

我轉頭看ＴＩ的表情，但他自顧自地像個再普通不過的過路人，把對話進行下去。

「真是個漂亮的小男孩。他叫做什麼名字呢？」

「阿德里安。」

「不是個常見的名字。」

「是啊，好像是他母親取的。」

女人一面填著房客住宿表一面笑著摸阿德里安的頭，阿德里安偶爾抬頭看一下我們，又低下頭在紙上繼續畫畫。騎士一句話也沒說，只是一直握著我的手，她的側臉嚴肅得嚇人，我很想伸手把那線條摸軟，但我沒有這麼做。我們要了一間兩張床的房間，把鈔票放上櫃台的小盤子。

「怎麼說好像？」

「詳細的情形我也不是很清楚，我先生和阿德里安的爸爸是舊識，聽他說母親在他一歲左右就生病過世了，他父親受不了這個打擊，情緒很不穩定，我先生不忍心，就決定收養阿德里安。我們本來住在愛伯克奇（Albuquerque），前兩年我父母年紀大了無力經營這座旅館，我才和先生商量了搬回來。很難啊在這裡做生意，州際公路開通之後，舊公路沿線的城市都蕭條了，還好你們停在這裡，不然前後可都找不到汽車旅館。」

「我們自己沒有小孩，所以阿德里安讓我們很快樂。他從小話很少、但很愛畫畫，他都拿這些裝潢剩下的瓷磚來畫，我們後來就把這些瓷磚送給來住宿的客人，有些客人真的就為了拿他的手繪瓷磚而回來住宿好幾次。」

阿德里安看起來非常專注，女人微笑看看他，又打量了一下我們。

「你們看起來是從很遠的地方來的吧。」

「倫敦。」

「倫敦？這麼遠，要到哪裡呢？」

「好萊塢。」

「她們是歌手和攝影師，我是演員，我們打算去好萊塢。」

ＴＩ說起這些話臉不紅氣不喘，可能真的很適合演電影。女人眼睛一下燈亮閃閃，笑得更開心了，我也禮貌地微笑。

「聽起來很刺激。祝你們好運。」

女人告訴我們熱水有些不穩定，十一點過後最好不要淋浴，然後把房間鑰匙和找回來的零錢遞給ＴＩ。阿德里安忽然站起來從櫃台裡頭跑出來，手裡拿著剛剛的圖畫。

「這個、給你們。」

ＴＩ蹲下來，接過三張從小素描本上撕下來的圖畫紙，是三張臉，仔細一看，是ＴＩ、騎士，和我。他只用奇異筆，線條相當簡單，就把三個人的神氣做了區隔。

我拽著阿德里安的圖畫，看著他特別加上的長睫毛和紅嘴唇，眼睛一下子好熱。我拿起一支筆、把紙遞回他面前：

「你要幫我們簽名嗎？阿德里安？」

他頓了一下，清脆地說好，就著牆壁一張一張寫上自己的名字。

沙漠的白天黑夜溫差很大，我沖完澡之後，披上風衣走到房外的階梯上抽菸，旅館很安靜，我們是唯一的客人，我往接待處看去，已經熄成夜燈，我想著死去兩次的ＦＡ，還沒有流傳下去的故事，想起沙漠並不是真的有一個入口，而我們這樣就一路開到了中央，新墨西哥沙漠，誰也抓不到的走鵑被阿德里安畫下來。騎士悄悄坐到了我身旁，伸出左手跟我討菸，我把手上一半的菸夾給她，她接過去，彈了一下菸灰：「這裡的電視不知道怎麼回事，連續轉了三個頻道都在播老房子鬧鬼的實境節目。」

她吸進一口、吐出白煙，把菸遞給我，「所有的家庭成員都很胖，而且所有的男主人都不信邪。」

「為什麼要跟阿德里安說FA死了呢？」我問。

「不知道。大概是不知道怎麼跟小孩解釋母親變成男人這件事吧。我其實好幾次問過FA，是不是要把阿德里安接過來一起住，他總是淡淡地說他自有打算，時候還沒有到。」

「想一想覺得好孤單。」我托著下巴。

「那TI，還好嗎？」

「我也不知道，他在洗澡了。我有時候很佩服他，這麼沉得住氣。」

菸抽到盡頭，騎士站起來，把我也拉起來，我們正轉身要回房，接待處旁邊房間的門忽然打開，小小的阿德里安從門後探出來，手上揪著一條紅灰相間的舊毛毯，養母跟在身後一面低頭跟他小聲說話，一面朝著我們走來。

「不好意思，有事想跟妳們商量一下。」

「他平時十點之前就該上床就寢，今天不知道怎麼了，一直坐在床邊不願意睡，問他好久，才說想跟『那個哥哥』說話。」

她牽著阿德里安一臉抱歉地說著，阿德里安頭低低的。

騎士蹲下來，歪頭看著阿德里安。

「不然，今天晚上和哥哥一起睡？」

騎士摸摸阿德里安的頭，然後抬頭徵詢對這一切幾乎一無所知的母親。母親有些猶疑，蹲下來抱著阿德里安，在他耳邊說了一些我聽不清楚的話，阿德里安扭著身體，眉頭皺了一下，表情看起來有些撒嬌但很堅決。

「這樣太麻煩妳們了吧，開車已經這麼辛苦。」

母親站起來看著我們。

「沒問題的。ＴＩ一定會很高興。」

我上前牽住阿德里安的手。

聖虹的夜無聲流淌，月光從窗簾透進來，阿德里安鑽進ＴＩ的被窩之後，根本來不及說上什麼話，就迅速睡著了。騎士和我在這頭，我側身環住騎士的腰，我們一起看著那頭抱著阿德里安、親吻他頭髮的ＴＩ，我們都很清醒，聽著小男孩規律得可以止住所有瘋狂心靈的呼吸，沒有人願意睡。

這是我們僅存的寶物，還未意識歷史與誰相連的星星。

「晚安阿德里安。」

「到底發生了什麼事呢？」
「我不知道，我大概很害怕吧，她說她愛我。」

第八章

魯賓過世的時候我正好二十六歲滿兩個月。魯賓比我大七個多月，所以她二十七歲。她二弟從台灣打電話給我的時候，我正在舊街（Old Street）巷子裡的沖印工作室，用loop一格一格看著剛洗出來的幻燈片，眼睛被光充滿、萬花筒一樣，這讓我實在沒有辦法一下子理解海洋那端他聲音的確切意義。我關上燈箱的開關、夾著電話走到門外，問他怎麼回事。

「跳樓。」

「妳不要太難過，我們都知道會有這一天的。」

魯賓是我最好的朋友，雖然我們整整兩年沒有說過一句話，現在她走了，我又可以毫不心虛地繼續這麼說。她第一次發病的暑假我不在她身邊，後來她輕描淡寫地跟我描述自己如何穿著病人服從急診間逃走，赤腳走上高速公路，想走回台北。我一直都是到了她家就喝酒吃肉說話，她和我說的話我從不感覺有什麼不對勁，就像我什麼都可以告訴她。即使是生病之後，她開始長長的吃藥生涯，我們還是繼續在彼此面前一次一次和錯的人戀愛、包容彼此無法被大多數人理解的過度浪漫和自我厭棄；我最後一次看見她，她正病著、自己停了藥，凌晨開兩個小時的車到我家，把門口的狗都放開，自己坐在柏油路上對著空氣說話、對不存在的人揮拳，我沒有把握她會做出什麼事，手裡緊捏著一把美工刀走向她。她從背包拿出一整個保鮮盒為我捲好的、細細的菸，打開蓋子，笑著遞給我。

「到底發生了什麼事呢？」

騎士看著前方，頭也沒轉地問我。

離開聖虹，這已經是我們開在沙漠的第二天，原本還偶爾在地平線突兀衝起的灌木，現在也幾乎消失，取而代之的是焦黃的整片乾草，太陽與浮雲在紅褐色的石山上移動變換，我們正要開進巨岩之間。

「我不知道，我大概很害怕吧，她說她愛我。」

「有一陣子我好恨她，常常在夢裡看見她坐在我床邊，好像要跟我討什麼；夢見我一直在逃，夢見我對她大叫『為什麼要這樣對我』。我不完全理解自己為了什麼生氣，我知道她生病、許多事由不得她，但那忿怒好大，我常常幻想在街上遇見她，然後把她殺了。」

「現在想想都不重要了。身體有什麼重要，自己有什麼重要？愛的內容是什麼，愛那麼狹隘到底算什麼？我也愛她啊，愛怎麼分類？為什麼要分類？我的想像力有多薄弱。」

「她過世之後我對死亡這件事變得很警覺。死亡把所有事情弄擰了，那不是和解，那也好暴力，所有之後的事。我看著人們態度的轉變，事物意義的置換，這些讓我好防備，我告訴自己『我不會被死亡脅持的』。」

「我不會被死亡脅持的。」

ＴＩ從後座探頭過來：「沒有關係的，妳可以說抱歉。承認自己做了錯事沒有關係的，不要這麼怕被別人不喜歡啊。」

我沒有意識到ＴＩ也在聽。離開阿德里安那天早晨，他擁抱站在汽車旅館門口兩台老轎車旁的阿德里安，從胸口的口袋裡掏出一張照片，放在他手上，然後揮手和他告別。阿德里安扁著嘴，直直站著沒有揮手，只是一直看著我們的車遠去。開離聖虹之後ＴＩ把車停下來，「騎士妳來開吧。」然後就鑽進後座，躺成一個嬰兒，一整天也沒起來吃東西。

我看著他有些憔悴的臉，向後遞給他一塊消化餅乾。

「好奇怪，走在沙漠裡，關於魯賓的事忽然變得很清楚、全都回來了。」我把雙腳抬起來伸展。開進紅色的石山中間，它們和遠遠望起來、不可侵犯的樣子完全不同了，我把窗戶打開，風很大，比想像中涼。

我們決裂前的一個月魯賓被送進醫院，我去看她之前先到了她的公寓，幫她找想看的書。我花很大的力氣才得以推門進公寓，屋裡所有傢俱都被她摔爛或者搬移原位，書架上的書掃落一地，她珍愛的黑膠唱片硬生生破裂四處。我走進廢墟一樣的公寓，踩過成堆的衣物與碎玻璃，窗戶隱隱透進來的光線抓住飄浮的灰塵。站在這麼開放又堅硬的傷口中間，自己也覺得好受傷。

「我覺得我們需要人。」

騎士停在路邊、攤開地圖，指著距離不遠、但得特別繞路上山的首都聖塔菲（Santa Fe）。

夕照之城聖塔菲，休旅車一輛一輛從四方加入我們，齊整的坡道、行走表情皆有餘裕的遊人，穿越我們走向販賣各種玉石藝品和成串乾椒的市集。

騎士說得對，我們需要這表面的集體意識與和平，鼓吹我們融入群體的欲望。

我經過城口一座低調的小教堂，忍不住停了下來，它站得如此自然，就像我們一路經過的石山挖上了窗戶與大門。聖米蓋爾（San Miguel）教堂，美國最老的教堂之一，西班牙殖民時代的遺物，走進去瞬間所有的聲音和光線都低了下來。

我們付了一美元給角落的女人，走進更深的聖壇，一組來自日本的拍攝隊正架著機器，準備進行不知內容為何的拍攝工作。看來像是製片和翻譯的人正在和教堂的工作人員交涉細節，講道台前的長椅坐著應該也是工作人員的一名長頭髮男人，從我們踏進會堂起就一直盯著我們看。我背過身去，假裝沒有注意到，專心看著聖壇上畫工細膩的聖像。

過了一會兒，男人終於上前對ＴＩ說：「我們正在拍一部長片的前導影片，如果你願意的話，可以把你一起拍進去嗎？」

聖米蓋爾教堂的布置簡單到近乎簡陋，但時間的堆積使它華麗到有時讓人無法承受，眾多無名信徒與工匠留在雕像上的鑿印、刷痕，斜斜掛在牆上的黑白舊照與發條鐘，讓我以為自己走進的是不知時年的深海龍宮貝。教堂後方有一道又窄又陡的階梯，依著扶手走上去，站在低矮的夾層，就離供應整座教堂光線的天窗很近，橫梁細細鏤著幾何花紋，幾盞白蛾燈泡長長懸吊下來。

我坐在木頭長椅上，小教堂偏後靠牆的位置，看著ＴＩ和長頭髮攝影指導並肩坐在第一排，比手畫腳地描述走位之類的細節。

「妳不覺得牆壁在說話嗎？」

我對坐來我身邊的騎士說，伸手用掌心貼著溫度比我的體溫略略低一些的牆。

「這和歐洲的教堂好不一樣，她離得好近。妳看，我撫摸牆壁，牆壁撫摸我的心。」

騎士把身體靠過來、靠著我，然後把手伸過來，覆在我傾聽牆壁的手上。她的手又比我來得更溫暖一些，我闔上眼睛，專心諦聽這個暫時在此處會合休憩的時空。當我闔上眼睛，許多路過我的臉孔與名字從天而降，而後緩緩落在地面上，我記起我曾有許多問題來不及一一問過，但當它們此時在我眼前落下時，我已經不覺得非得開口干涉。我一面看著雪一樣下著的過去，一面感覺騎士生動的呼吸。這個人是怎麼冒出來的呢？她是怎麼長在我的生活裡的呢？我們會去哪裡？誰想得到我們竟然也共同擁有了可以稱之為「過去」的事。

「我可以跟妳說一件事嗎？」

騎士低低地在我身後開口。

「嗯？」

「我還沒有跟誰說，但這件事我已經想了很久。」

我沒有移動身體，騎士停頓了一下：

「我想放棄當一個女人。」

我還是沒有移動，語言和意義的橋在我腦中忽然斷裂。

我皺著眉頭，「再說一次？」

「我、說、」她放慢速度，一個一個字吐出來：「我想放棄『女人』這個身分了。」

我知道，我聽到了，很清楚。但這句話的意思到底是什麼呢？是明天早上起床之後，和她與其他人說話時，就得改掉所有與女性指涉的代名詞？是她從此不會與我一起出現在女生廁所的隊伍裡？是她要定時去看醫生諮詢拿藥？還是要躺在手術台等待麻醉與他人難以設想的疼痛？是我內心自我保護的機制使我切斷語言與意義的聯繫嗎？但那不是我的身體啊，我要自我保護些什麼呢？我要首先保護的，難道不是她嗎？眼前的雪下大了遠方的白色的山緩緩緩塌下，我的手從牆壁滑落，但騎士抓住它，用另一隻手一起緊緊包覆它。

「妳不要擔心啊，我都想清楚了。」

我並沒有立即意識到任何情緒，只是覺得雪從很遠的地方滾過來，也不恐怖，把我淹沒。

「FA走了之後我才真正嚴肅地思索這件事。妳也知道我本來對身體的疑惑，不只是對身體，對身體所牽連的、那麼絕對的暴力。我想給我無能為力的『男人』一個機會，想有機會了解我現在所不可能理解的、那自大的、令我憤怒的權力是什麼？有時候身為一個misfit是會沉迷的，我想知道擁有另一種權力與邊緣性究竟是什麼樣子。」

「妳、要走去哪裡呢？」我抬頭問她。

「我也不知道。」

「只是覺得，這麼決定之後，好像就對了。」

我不是無法理解，只是想到即將遠去的、現在正在與我說話的這個騎士，有誰會為她哀悼嗎？這個哀悼是正當的嗎？為了更對的活著而被選擇放棄的那個部分，就像地震剷平山脈切割峽谷鋪上沙漠，人們的文明悄悄質變。或許我對於這期待質變的文明早有感覺，我那對矛盾、叛變、不合時宜而傾倒的心早偵測到了騎士悄悄騷動的地殼，因此痛苦共振、墜入愛河。

ＴＩ在鏡頭前行走、回首，所有工作人員都專注看著他的一舉一動。他今天穿著的也是ＦＡ的蘇格蘭格紋毛衣，搭配ＦＡ的耳環、ＦＡ沒有度數的黑框眼鏡，是個書呆子打扮。ＦＡ帶走了好多人，現在還要帶走我的騎士。

「大家都死了。」

我直直看著前方的ＴＩ，騎士還握著我的手。

「沒有。我在、ＴＩ也在。」

「不，」

「妳要死了。」

好像過去未曾真正有機會說出口，過去未曾真正有機會向死亡示弱，當我說出這句話，聲音的尾端哽在鼻腔與喉頭，我扭著臉開始放聲大哭，好像有個人在我背後猛然拍打，眼淚泉水一樣湧出，我彎下腰，大顆大顆地落在衣服上。

聖壇前方的拍攝隊驚愕地回頭，ＴＩ快步走來我們身邊，慌張地問騎士怎麼了，問我怎麼了，喉音很重地和騎士說了一大串德文，被我打斷的攝影隊向彼此露出無可奈何的表情，坐下來檢查帶子。聖米蓋爾教堂的牆壁不跟我說話了，我再次回到人間，被巴別塔底下混亂的語言包圍，除了我的心，沒有人和我說同一種話。

接下來的路程我比從前任何時候都容易感覺被隔離。騎士和ＴＩ在我睡著的時候說著聽不懂的話，有時聽起來在爭執些什麼事，我的名字在裡頭出現幾次。收音機裡傳出來的全是慵懶搖擺的墨西哥音樂，窗外出現架在巨岩之間上吸引遊客的假鹿與山豬，印地安保留區的主人們坐在門口，木然看著往來的車。我覺得自己變得很脆弱，會在毫不感性的時刻掉淚，比如路上出現無數次的「Dead End」標示、鮮黃色時走時停的校車、便利商店裡親切的少年店員，毫無關係的微小事物。

接近新墨西哥州最西的邊界時，我們停在一個叫做蓋洛普（Gallup）的小城，許多日本人專程搭飛機到這裡的小機場，收購大量的印地安藝品帶回去做買賣。大概是想讓我稍微提起精神，ＴＩ提議要吃中國菜，大賣場邊叫做Dragon Express的自助餐館難以置信地竟是台灣人開的，老闆是個儀態很好、蹬著高跟鞋、年紀近四十的女子，聽見我從台灣來，坐下來和我們說了很多話。

她指著角落桌旁拄著拐杖的白髮男子說那是她先生，是退休的機長。說自己本來是他機上的空服人員，飛來飛去的，覺得累了，就離職搬過來這裡，這裡有家人，可以互相照顧。後來機長退休了，就飛過來蓋洛普找她。

她用很清淡的語氣說著自己的故事，把我們帶到她先生的桌前介紹認識。年前中風的老機長說話有些吃力，但十分努力地要提供我們再往西的旅行資訊：妳們可以在文斯洛（Winslow）住一晚。文斯洛，沒有聽過文斯洛嗎？老鷹合唱團的那首歌啊，歌名叫做什麼呢？想不起來。他自顧自說著就真的開始哼起來：

Well, I'm standing on a corner in Winslow, Arizona
（喔我站在亞利桑那州，文斯洛的街角）
And such a fine sight to see
（景象多美）
It's a girl, my lord, in a flatbed
（在卡車上的，喔天哪，是個女孩）
Ford slowin' down to take a look at me
（緩緩朝下看著我）

「嘿，你們都沒有吃幸運餅乾?!」

為愛逃離又被愛尋獲、這個在沙漠中間安身立命的台灣女人指著桌上做成元寶模樣的三個幸運餅乾。

我用拳頭戲劇化地敲碎餅乾，撿出小小的長紙條，唸出上面的黑色印刷字：

I'm with you.

（我與妳一起。）

我們接吻。很長很長，幾乎可以連接所有心痛事物的、長長的吻。

第九章

沿著舊聖塔菲鐵道駛進鎮中心，不過晚上七點鐘的文斯洛，路上一個人也沒有，兩側的屋子都很暗，只有路燈和上頭的雪花燈飾整齊而蕭索地亮著，讓人忍不住懷疑自己是否誤闖了狼人的祕密集會，有銳利的眼睛正在暗處以縝密的計畫耐心等待，而我們，唯一的人類，對前方的險阻與自己的命運一無所覺。這樣開過美洲大陸，竟也稍微可以了解活死人電影和電鋸殺人狂系列電影，那些對未知的、超凡的、無力抵擋的恐懼從何而來，知道「這世界上什麼事都有可能發生」這個概念並不難，但真正要能夠內化它、使它成為回望世間事物目光的一部分，卻不如想像中容易。

文斯洛是我們路過唯一被拒於汽車旅館接待處之外的城鎮，口音很重的老先生隔著鎖上的門窗對我大喊，怎麼都不願意走近，或者開門讓我進去詢問，沉默的防衛的小鎮，我們開過市中心、到了筆直道路的盡頭，又繞回來，開進一間標著一週一百二十五美元的汽車旅館。

這只是我們已經住過的、好幾間以地名做自己名字的普通旅館當中的其中一間。但第一次我們要了兩個房間。我跟騎士說想一個人睡，騎士抽走其中一把鑰匙，說沒關係她去住單人房。櫃台的年輕男子遞給我們一些瓶裝水，說這幾天溫度忽然降低，山頂都積雪了，文斯洛的水管一下子承受不了急遽的溫度改變爆裂開來，所以今天全鎮水龍頭的水都只能淋浴不能飲用。我們拿著水各自到房間放好行李，又走回街上，到附近唯一開著的餐廳找東西吃。

菜單上既有牛排、也有泰式與中華料理的餐廳吃起來並不大美味，我剩了半盤炒麵在餐桌上，走到餐廳外頭，坐在單人椅上看空曠的停車場，隱隱地好像可以聽到水流的聲音，那會是融化的雪水嗎？還是突獲自由的飲用水？牆上一座暗墨綠的電話陪我坐著，我拿下話筒，一下子出現「是不是該打電話給誰」的念頭，翻了翻口袋才發現，身上連一枚硬幣也沒有。

ＴＩ把靠裡頭的床留給我，「真的有狼人衝進來我還可以幫妳擋一下。」他坐在棗紅色的地毯上翻行李，用著聽起來很嚴肅的聲音這樣說。

簡單地沖澡之後我仰躺在摺得很整齊的被單上，盯著靠近天花板長方形的通氣口，把手向上伸展。汽車旅館庸俗顏色的花被單無論摺得再整齊，還是可以聞得到地毯纖維裡和壁紙底下埋伏的菸焦味。

「今天是我們上路第幾天了？」我問他。

「禮拜二出發的吧，那應該是第八天了。」

「有點累了。」

「沒關係，快到了。」

「到了洛杉磯你要做什麼？」

「還想不到那裡。」

他想了想，又說：「海邊，先去海邊吧。」

「我也想去海邊。台灣是個小島，想去海邊都是一下子的事，我家離港口很近，騎單車大概半個多小時就可以到海中間的燈塔坐著看日落。我媽卻很不喜歡海，她說討厭海風打在臉上黏黏的，她也不喜歡夕陽，說那會讓她心情不好。」

「很難想像妳爸媽是什麼樣的人。」ＴＩ說。

「我母親和父親沒有結婚，好像是分手之後母親才知道自己懷孕的，她就自己把我帶大，而且從小都沒有讓我看過父親，也不跟我解釋。有記憶以來，只要提到關於父親的話題，母親就和我冷戰。真的是冷戰喔，兩個人坐著吃飯一句話也不講，我是個小孩耶，她冷戰的方式好像我是背叛她的閨中密友。現在仔細一想很多小時候的事，才覺得我母親實在是個很任性的人，未婚懷孕在那時候的台灣社會簡直是不道德女性排行榜的榜首，她就這樣挺著肚子搬到完全陌生的城市把我生下來，然後專心把我養大。」

ＴＩ把行李箱用力扣好，跳上床斜斜躺著看我。

「妳想她嗎？」

我把身體翻過來，手抓進頭髮用力揉一揉，然後停頓下來。

「她在補習班教兒童美語，常常是我要睡覺的時候，她還得一捲一捲聽著學生朗讀課文的錄音帶，然後標注錯誤的發音和語氣，我聽著倒轉帶子的聲音，和暫停、換卡帶的喀喳聲，反反覆覆，就睡著了。

「事實是，我不能太想她，不然我哪裡也別想去了。」

「那妳真的就沒再問父親的事？」

我轉頭看ＴＩ，他扔過來一條巧克力。

「其實，我見過父親一次。」我慢慢剝開包裝裡的鋁箔紙，咬了很小的一口，想起我從來沒有真的喜歡過巧克力。

「好吧，正確說來，我也沒辦法確定那是不是我父親。

「高中二年級的時候，有一次聽到母親和阿姨在講話，我隱隱聽到她們好像在說父親的事，說他開了一間二手書店。我只聽到書店的名字，根本不知道住址，我費了一些力氣打聽二手書店的事，然後騙母親週六有社團活動，自己搭了兩個小時的火車到另一個城市，拿著地圖，找到那間被小吃店和五金行包圍的地下室。真的是一間很小的書店，天花板低低的，不過很乾淨。我走進去，都沒有人，一不小心就會踢到地上一落一落看起來還沒有整理過的書。店裡不真的有櫃台，只有一個坐在角落書堆中間的男人抬起頭來，笑著對我說了『嗨』，我緊張得不得了，假裝沒聽見，低下頭翻眼前的書，過了幾分鐘才敢再抬頭偷瞄他。如果他就是我的父親，那他比我想像中還年輕一些，他笑起來會露出牙齦，很有感染力，下顎的線條和我一樣不自然地突出來。

「我想像著母親走在他身邊的樣子，想像母親聽他說的笑話、瞇起眼角看著他，一面胡思亂想、一面隨意拿下一本書架上的書，在他走進洗手間的時候幾乎是沒有思索地塞到背袋裡，我還記得那是一本淺紫色封面的極短篇小說集，叫做《夢中見》。拿了書我快步走往出口，從洗手間出來的他對我笑了一下，我的心臟像鼓一樣猛烈敲擊，根本記不得自己到底有沒有回應他。走上樓梯之後我蹲在騎樓邊喘氣，等到呼吸好不容易平復下來，抬起頭、往前看，覺得整個世界的質量好像都改變了，我緊緊抓著背袋離開那條街。

「那天回到家之後，我再也不想問母親關於父親的事。我下定決心離開家，考上遠處的大學，就一直住在外頭了。」

「也沒有再去找父親？」

我搖頭。

「現在都還沒有這樣想。說不定再老一點，可以去找他喝酒聊天吧。我後來就想，那種不知情愛上兄弟姊妹、甚至是爸媽的情節，是真的會發生的耶。要是真的發生，也只能看開一點吧。你看，一個父不詳的女同性戀就是可以這麼豁達。」

ＴＩ撐著頭笑了。

「現在可以講得很輕鬆，但童年和青春期真是長得不像話，都過不完。我媽很倔強，可以不太管街坊鄰居怎麼想，但小孩的世界是很殘酷的，我一面被班上醫生和教授的女兒排擠，一面學習怎麼把姿態放得很軟、運用謀略、各個擊破，希望可以巧妙地討人喜歡。

「結果你知道好不容易交到朋友、得到認同了，我做的第一件事是什麼嗎？就是和新朋友一起欺負班上的轉學生。」

「聽起來和大人的世界沒什麼差別啊。」

TI起身走向洗手間，擠了牙膏到牙刷上，倚在洗手間的門邊，一面搖頭晃腦刷著牙一面看我，過了兩分鐘轉頭進去嘩啦嘩啦洗乾淨，然後坐在兩張床中間的地毯上，靠著自己的床沿，繼續看著我。

「報答妳這麼好聽的故事，我也說一個故事給妳聽。」

「好。睡前故事。」

我把被子從床墊底下用力拉起來，然後鑽到裡面、拉高到下巴的位置。

「我剛上小學的那年夏天特別長，我記得到了後頭，覺得整個柏林的空氣都好像有點騷動，我、FA、騎士，和阿德里安總是一起上學，到了下午就溜到湖邊玩。」

「阿德里安？」

「騎士的哥哥，大她一歲。」

「從來沒有聽她說過。」——我感覺有點受傷。

ＴＩ自顧自說著，「我和ＦＡ雖然是雙胞胎，個性卻很不一樣。她和阿德里安比較像，兩個人都愛冒險，很會指揮，騎士和我膽子比較小，老是跟前跟後。我們兩家那時住很近，在西柏林的湖邊，阿德里安雖然只比我們大一兩歲，但個性沉穩，做事也很可靠，和他一起出去通常家裡人都不會多問。

「那天湖上的人特別多，我們跳進去游了一陣，ＦＡ說要帶我們去看她新發現的、森林裡的瀑布。我和阿德里安都不相信，說這裡怎麼可能有瀑布，ＦＡ卻很堅決，說她真的有走到，是一個小小的、聲音很好聽的瀑布。反正也想避開人群，我們四個人就上岸把身體擦乾，跟著ＦＡ走進森林。

「我們從小就一起在森林玩，有一些自己的地點，很少人會發現。也沒真的要做什麼，我們時常就坐在樹底下畫畫、說話、睡午覺。我們當中只有騎士對樂器有天分，她耳朵不好，學樂器卻比誰都快上手，她有一把小吉他，是阿德里安從市場看到、帶回來給她的，舊舊的小古典吉他，音準時常調了又跑掉。騎士很喜歡吉他，她說用手指撥弦的時候，那個震動的頻率讓她覺得自己的皮膚變成一個敏感的接收器，先感覺到遠遠的振動的空氣，然後就聽到了自己耳朵裡的聲音。」

ＴＩ的手指跟著描述遠近比劃，睫毛細細動著。

「那天我們沿著小小的泥土路走了一陣子，再穿過雜草，彎進樹木中間，走過了平時躲藏的祕密地點，再往裡走。一個小時過去了，本來在前頭笑著跟我們說話的ＦＡ表情開始有點緊張，再過兩三個小時天就要黑了，還找不到她說的瀑布。在森林裡迷路可不是一件好玩的事，我們雖然年紀小，但都很了解這一點。我知道FA很好強，所以也不敢多說什麼，就這樣走到了樹林很深的地方，一條溪流擋住了我們的去路。FA停下腳步，蹲在溪邊洗了洗臉，問大家要不要涉過去看看。

「『還是跟著溪走呢？說不定會回到湖邊。』」阿德里安手扠著腰。

「『可是我對河那邊的路好像有印象。』」FA說著就把腳伸了出去。那溪其實不寬，大概兩三米左右，但水流出奇地很急，FA踩在中間的石塊上、試了一下，一大步就跨了過去。

「看見她這麼輕鬆，我和騎士也一個接著一個互相牽著涉了過去，為了讓我們稍微有點安全感，阿德里安讓我和騎士走在前面，自己在後頭看顧著。帶著接近危險微微的興奮感，我們到溪那頭時都笑得很開心，大概是這樣，輪到阿德里安走過來的時候，我們都鬆懈了，他踏出第一步、抬頭對我們笑了一下，下一步就整個滑倒，事情發生得太突然，我們全都嚇傻了，沒有人來得及拉住他。」

我拉著被子不敢大聲呼吸，ＴＩ垂下眼停頓了一會兒，表情沒有太大的變化，自己握住自己的左手腕，有時稍微用力、有時放鬆下來。

「阿德里安的骨灰埋在森林裡的一座墓園，那是一座不容易找到的、很安靜的墓園，我們從前常常一起走在裡面看墓碑，有很多都不是做成碑的樣子喔，只是一塊大石頭，刻上了『我的父親』或者（1945-1945）這樣簡單的字，我們會為這些沉睡的人編各式各樣的生平故事，說給他們聽；人們帶來墓園來表示悼念的物品，大概是我所能想到這個世界上最溫柔的事物：花束、紅酒、貝殼、信件，我還看過一隻死去的小鳥。大家都被爬藤、樹木與落葉圍繞，大家都不覺得自己有什麼特別重要，走在裡頭心情會很平靜。」

我跟著幻想這樣一座墓園，最初的保護者阿德里安跌落在蟲鳥花草中間，成功渡河的ＦＡ走很遠的路去陪他。

「半年後騎士家搬離了湖邊，然後是ＦＡ，我們很少再提起這件事，我們甚至沒有相約一起到墓園看過阿德里安。

「但無論我身在柏林、倫敦，或者離她們多遙遠的地方，看得見或者看不見，都覺得她們一直站在我的胸口。好像我們同時是彼此的傷口，也是紗布與敷料。」

我默默把身體移向床邊伸出手，ＴＩ把我的手拉過去，貼上臉頰一下子，又慢慢放下來，窗外風吹得很響，粉紅色的窗簾映來走廊上未熄的燈光，我看著幾天沒有刮鬍子、看起來已不再那麼像個大男孩的ＴＩ，把被子拉開。

「過來吧。」

ＴＩ抬起頭，茫然地看著我，然後爬上床、背對我縮起來。我靜靜地擁抱他。

「是不是有點不對勁？」

沉默了一會兒他忽然說。

「嗯？」

他轉過身來，示意我背過去，讓他抱著我。

「這樣應該比較舒服吧。」

他用整隻右手環過我的胸前抓住我的肩膀，我握住他的手，把身體微微弓起來，想離他更近一些，他動了動，讓我貼著他，然後把頭埋進我的頭髮裡呼吸。他的身體好大，被包圍的時候真的就有一種無處可逃、心生放棄的安全感。

「我想做一件事，但可能會很怪。」我小聲地說。

「什麼事？」

我把他的手鬆開，把睡衣脫了丟在旁邊，然後抓回他的手擁抱我赤裸的身體。他歎了一口氣，手緩緩地在我的腰上移動。他的手掌很厚、暖暖的，有一點點粗糙，但不是會扎人的那種，是好像可以感覺到掌紋流動的那種。

「妳好瘦。」他低低地說。

他拉住我的手臂親吻我的背，剛開始是一點一點地，再來停留得更長、也更深，我翻過身來看他，他的眼睛晃晃的，表情遠遠近近。我來不及問他這是不是個好主意，他用雙手蓋住我的耳朵，我們接吻。很長很長，幾乎可以連接所有心痛事物的、長長的吻。

「動物的影子找到影子。」

「比真正的動物找到彼此還讓我著迷。」

第十章

睜開眼睛的時候我一度以為自己還身在倫敦的小房間裡，床上有方塊燈、左手邊是門、安娜在隔壁、地上堆滿畫冊和脫下來的外套。我試著閉上眼，讓自己的身體下沉到現實世界，再打開一次，才確認這裡是美國西部、被群山圍繞的一間汽車旅館，我們已經在旅途中一個多禮拜，緊靠著我的右手臂還在睡的，是ＴＩ。

我試著慢慢轉頭、移動身體，ＴＩ就哼了一聲，把手伸長抱住我，睜開未醒的眼看了我一下，又鑽進我的肩胛骨中間喃喃說了一些話。

「什麼？」

我問。

「我做了一個夢。」

「什麼夢？」

「夢到騎士和我決定要一起走進一座湖裡。

「究竟為什麼要『一起』這麼做呢？我在夢裡反覆問著自己這個問題，但我沒有問騎士，只是知道自己『非得這麼做』，所以整個夢都籠罩在『這是我生命的最後一天』的自覺裡。從早晨到黃昏，我如常與人說話，看著我的母親、我的朋友，她們沒有人知道這件事。太陽快要下山的時候，騎士牽著我的手，我們走在通往那座湖的碎石路上，樹葉沙沙響著，湖在我們前方閃著鱗片一樣的光，我看見了，我們正走向它，然後我就醒來了。」

「小時候的那座湖嗎？」

他放開我，伸了個懶腰，「好像是，又好像不是。總之是一個感覺很好的湖，不太大，乾乾淨淨的。

「那個懷戀人世的感覺好清晰，好像穿過夢跟著我回到這裡了。」

他把雙手舉起來，翻前翻後、反反覆覆看著。我伸手抓住他的左手食指，又放開，拉著毯子起身，然後把地上的衣服撿起來，走進浴室。

不大有力的蓮蓬頭滴滴答答澆著我的頭髮，我拿起圓形的廉價小肥皂，仔仔細細地喚醒我的身體，還在我身體裡的ＴＩ也一點一點跟著醒來。和ＴＩ睡覺這件事雖然不在任何預想之中，但也並不使我困擾，我需要他，他顯然也非常需要我。我以為自己或許無法避免地會感覺混亂，但現在站在浴缸裡、等著清水沖掉全身的泡沫，心情卻異常平靜。

我拿起架上熨得很平整的白浴巾，把頭髮擦一擦之後圍著走出去，我們各自整理好，才發現竟然已經快要十一點鐘，是一路上睡得最晚的一天。

我走出去敲騎士的房門，裡頭沒有回應，試著轉了轉門把，門就應聲開了，房間裡空蕩蕩的，我可以聞得出來她不在裡面，卻還是走到房間中間喊了她的名字。走進浴室，一條用過的小毛巾晾開在架上。

「可能是餓了，先去吃點早餐？」ＴＩ試探著說。

我覺得有些不安，拉著行李走到接待處，ＴＩ先幫我把行李搬上車，棕色眼睛的矮小女子看了我退房的鑰匙，從底下拿出一張摺成三摺的Ａ４紙：

「這是妳們的朋友留給妳們的。」

我接過任意用透氣膠帶封口的白紙，外頭只寫了

To My Heartbreaking New Friends.

這間咖啡店開得很早，我點了藍莓貝果和茶拿鐵坐在高腳椅上，被陽光慢慢照進來的文斯洛和昨晚看起來好不一樣，從落地窗看出去，遠方的山頂薄薄覆蓋著雪，讓人會忽然有一種「文明真是不可思議」的心情。馬路對面的停車場底端、在磚牆和稀落的車後頭，有一棟兩層樓的樸素戲院，上頭用幾乎和天空一樣藍的字大大寫上了「文斯洛戲院」，暫停營業的文斯洛戲院在應該要排上今日片單的公布欄，卻寫上了「待售」和聯絡電話。

「這戲院一九二〇年左右就開了，專門安排一些雜耍歌舞秀的現場表演，走進戲院繞過銀幕後頭、順著樓梯走下去，地下室還保留了所有當時的小化妝間。前幾年我跑到後台探險的時候，木造的化妝間狀況已經不是很好，都堆滿了雜物，但裡頭的空氣很奇妙，塵灰瀰漫，還有幾張梳妝台留著。摸著鏡子旁的燈泡，好像還聞得到女明星甜甜的香水味。」眉毛很濃的老闆眨著眼睛告訴我。

店裡只有我、老闆，和另一個臉上皺紋很多、體格很結實的男人，他比我早到一些，坐在我對面喝咖啡翻報紙，一隻白色混著淡膚色的長毛貓忽然低哼一聲、一下跳到我旁邊的椅子上，男人堆滿微笑，看向瞇著眼坐得很舒適的貓，然後對我笑了一下。

「看起來是牠的專屬座位啊。」他說。

「好像是這樣的。」我回答。

（等等，他朝我走過來了。）

他叫提姆，是個記者。他說自己剛辭職，三天前從鳳凰城開上來，繞去大峽谷看了一圈，接下來要繼續開到東岸找朋友。他說話的聲音並不顯老，有點像個剛剛開始變聲的小男孩，但比較舒緩、節奏感很好。我聽他說話、看著他的臉，他的眼睛澄清柔軟，放在剛硬的臉部線條和明顯鍛鍊過的肩膀手臂肌肉中間，像是從哪裡剪下來貼上去的。那衝突感敲擊我的心，一下、兩下，我皺起眉頭。

「他知道我，他知道我是什麼。」我忽然懂了。

我問他是不是可以載我一程，雖然還沒有決定要到哪裡。他瞇著眼睛說當然好，他常常怕自己開到睡著。「那我先把信寫完，我們就可以出發了。」我這樣跟他說。他抱起貓說沒問題，要我慢慢寫。

他回到座位之後，我看著寫到一半的信紙，反而好像沒有什麼要寫的了。

上次來美國是為了FA的婚禮，知道她沒有什麼家人，我提早一個禮拜飛過來陪她。我們一起逛街、做飯、挑酒，自從離開家之後我們從來沒有機會這樣相處過。婚禮前一天，FA和我躺在床上聊天，說了很多我們不在彼此身邊時候的事，我覺得自己錯過好多事，覺得萬分懊悔。這樣跟她說，她卻回答我：「如果有一天我真的消失了，請妳把我忘記。」

我說：「妳不懂。我們就像被炎夏的柏油黏住的腳步與影子，一輩子也不會離開對方。」

她聽了很高興，摸摸我的臉，在我的額頭上親了一下。

我到現在仍然想著一樣的事，但同時我在想著，被迫或者自願分離其實同樣令人無法忍受。錯覺自己可以擁有什麼，可能就是悲傷的起源。

貓又對我叫著走回來，叫做提姆的男人在我前方三公尺的座位上等待。誰知道呢？說不定他其實不是同黨，只是個連續殺人魔，或是另一個偽裝得很巧妙的性別仇恨者。但一生本來很短，想彼此靠近怎能不冒著互相殺害的危險。

我先走了。我會找到妳們。在那之前，love each other for me.

狼人帶走我們的朋友，我們開進摩哈維沙漠，真不敢相信我們又開進了沙漠。ＴＩ默不作聲地直直向前開，我捏著地圖有時提示他該轉的彎，騎士的信攤在我們中間，偶爾把說過的話又重複一遍、偶爾喊叫出一句，我們沒有人真的出聲回應，但或許我和ＴＩ都一面沉默著、一面仰賴著這最後的一段字陪伴，想像她和我們還一起坐在這毫不豪華的車上打盹，想像她接下來的旅程是必需、會有和試圖把她送上火架的人同樣多的人替她解開縛索。

車子繞進山裡一大圈又把路上漫遊的驢子留在後頭，我們在最後一滴油用盡之前幸運地到達山腳下貴得嚇人的加油站，我走下車，把腿抬在小商店旁邊的圍欄舒展。

坐在店門口一頭亂髮的印地安女人笑著看我，問我是不是日本人，我想坐過去、到她身邊，或許與她分享手中緊握的、黑色塑膠袋包著的龍舌蘭酒，我想我是真累了，有人開口就使我想停留。ＴＩ抱著水和垃圾食物從店裡走出來，把手上的東西丟回車裡，發動了引擎，我揮手和女人告別，她舉起手上的酒瓶敬我離去。

過了沙漠高聳而突兀的椰子樹開始佔領地景，先是顏色的彩度改變，接著建築的線條與作用複雜了起來，車從洛城的開口無聲滑入，兩旁混雜著中文的餐廳與招牌搶著說話，路與路的界限變得清晰，視線也齊整乾淨，我左右張望，感覺無比徬徨。

「等一下，我們停一下吧。」我按住ＴＩ的肩膀。

ＴＩ做了一個誇張的迴轉，停在一座中型賣場凹進去的停車場，我推門走進窗明几淨的星巴克，和我一起排隊的加州男女都梳理得宜，笑容滿掬，輪到我點餐的時候，我一面回應店員殷勤的提問、一面感覺自己的表情微調到城市模式。

我把咖啡遞給坐在角落的ＴＩ，他選擇坐在最黑的地方，惘然地往落地窗的方向看。我坐到他身邊，一起看著亮得不像話的窗外。

「對不起。覺得好像沒有辦法一下子這樣又回到都市裡。剛剛開進來的時候，我一下子覺得身體好清楚，胸口還躺著一座沙漠。」我說。

像兩隻不明所以被森林驅逐的小動物，ＴＩ和我睜著新開的眼觀察路過的所有人物：隔壁桌西裝革履的業務員，窗邊戴著耳機打電腦的少年，棕髮披肩身材姣好正握著自備保溫杯的女孩。喇叭裡順耳透頂不致動盪人心的音樂從左耳進去右耳流出來，流過桌椅之間把小小的空間躺成和平的河，路面和平氣象和平、人事和平經濟和平，哀號遍野的戰爭遠在他方。

「妳不覺得城市像一座動物園嗎？自己圈養自己，自己又長出配備與規則，漂亮的燈光柵欄，符合健康標準的糧食與水。」ＴＩ開口。

我點點頭，繼續沒法把眼神移開地看著窗外停了又開走的車，車上的兩個小孩倒頭睡著，母親回頭許久確認安全座椅一切安全。

「有一次在Toy&Jewellery等騎士，我坐在窗邊，窗外陽光好烈，從我的座位忽然看見兩條黑漆漆的影子出現在亮晃晃的人行道上，應該是約好的兩個人在門口，影子被太陽拉得長長的。我看不到主人，只有影子，影子碰頭、拉手，然後擁抱、擁抱了好久，合在一起的影子其中一半分開一點點、對另一半說一些話，然後他們親吻。我完全著迷地一直看著這齣默劇，一切都沒有聲音，一切都很純粹，沒有被大花洋裝、落腮鬍，或者真正的情話分心。」

「動物的影子找到影子。」ＴＩ說。

「比真正的動物找到彼此還讓我著迷。」我說。

我捧著溫熱的杯子，想著我們出發的那座古老城市，球鞋高掛在電線上、毒販酒鬼親愛流連的新十字車站，工業噪音搖滾樂、把我困住的美麗文明，勉強維持運作的波希米亞咖啡館裡，騎士分給疲憊的我一半座位。

「我在想，」ＴＩ話說了一半又遲疑地吞進去。

「嗯？」

「我不相信越分越窄的愛。」

「什麼？」

我沒有辦法一下子進入他跳躍的邏輯。

「我在想，」

ＴＩ把我的杯子拉過去、他的杯子滑過來，同時拉著兩只杯子的耳朵，一個一個字說：

「妳還會和我一起去找阿德里安嗎？」

就這樣我們又啟程，被推擠著加入微微傾斜的快速道路、跟著一圈一圈旋轉，前後左右要進入洛城的車像被誰操控的小火柴盒滑動得那麼輕易，尚未習慣城市文法的我們錯過第一個出口、錯過第二個，被更多的車超越，又錯過第三個出口。灰白色的雲壓在前方，快要沉沒的太陽在背後隱隱閃動，我把手伸出口袋，放在方向盤上的ＴＩ的手上，清楚我覆蓋著的是他的手，同時間感覺自己安慰著騎士、ＦＡ、阿德里安，和所有因受苦而彼此愛慕的孤兒。

我告訴自己，下一個出口我們一定就來得及自此分離，像一節一節脫離的火箭，得到自由而後被愛牽制。我闔上眼，在心裡默默倒數：九、八、七、六、人們追逐跌倒的聲音離得好近、五、還不確定是否已做盡可知與不可知的錯事、四、想像的海比我們所想像更龐大地包圍我們，三、二、一。

這樣我們被拋進寂寞而安靜的太空裡。

羅浥薇薇《騎士》
名家對談＆新書簽講

第一場・《騎士》新書簽講
主講人：羅浥薇薇
時　間：11/30（六）15：00～16：30
地　點：台南政大書城
（台南市中西區西門路2段120號B106-2239808）

第二場・與小說家顏忠賢對談
主　題：Hybrid少女VS. 跨界頑童的小說實驗
與談人：羅浥薇薇 VS. 顏忠賢
時　間：12/5（四）20：00～21：00
地　點：誠品信義店3F Mini Forum（台北市松高路11號）

洽詢電話：(02)2749-4988（免費入場，額滿為止）

國家圖書館預行編目資料

騎士／羅浥薇薇著. --初版. --臺北市:寶瓶文化, 2013. 11
面； 公分. --(Island；210)
ISBN 978-986-5896-48-5（平裝）

857.7 102021115

island 210

騎士

作者／羅浥薇薇

發行人／張寶琴
社長兼總編輯／朱亞君
主編／張純玲・簡伊玲
編輯／賴逸娟・禹鐘月
美術主編／林慧雯
校對／賴逸娟・陳佩伶・吳美滿・羅浥薇薇
企劃副理／蘇靜玲
業務經理／盧金城
財務主任／歐素琪 業務助理／林裕翔
出版者／寶瓶文化事業有限公司
地址／台北市110信義區基隆路一段180號8樓
電話／(02) 27494988 傳真／(02) 27495072
郵政劃撥／19446403 寶瓶文化事業有限公司
印刷廠／世和印製企業有限公司
總經銷／大和書報圖書股份有限公司 電話／(02) 89902588
地址／台北縣五股工業區五工五路2號 傳真／(02) 22997900
E-mail／aquarius@udngroup.com
版權所有・翻印必究
法律顧問／理律法律事務所陳長文律師、蔣大中律師
如有破損或裝訂錯誤，請寄回本公司更換
著作完成日期／二〇一三年
初版一刷日期／二〇一三年十一月六日
ISBN／978-986-5896-48-5
定價／二六〇元

Copyright © 2013 by Weiwei Lo
Published by Aquarius Publishing Co., Ltd.
All rights reserved.
Printed in Taiwan.
贊助單位 文化部 MINISTRY OF CULTURE

AQUARIUS 寶瓶 文化事業

愛書人卡

感謝您熱心的為我們填寫，
對您的意見，我們會認真的加以參考，
希望寶瓶文化推出的每一本書，都能得到您的肯定與永遠的支持。

系列：Island 210　　**書名：騎士**

1. 姓名：＿＿＿＿＿＿＿＿　性別：□男　□女

2. 生日：＿＿年＿＿月＿＿日

3. 教育程度：□大學以上　□大學　□專科　□高中、高職　□高中職以下

4. 職業：＿＿＿＿＿＿＿＿

5. 聯絡地址：＿＿＿＿＿＿＿＿＿＿＿＿＿＿＿＿

   聯絡電話：＿＿＿＿＿＿＿＿　手機：＿＿＿＿＿＿＿＿

6. E-mail信箱：＿＿＿＿＿＿＿＿＿＿＿＿

   □同意　□不同意　免費獲得寶瓶文化叢書訊息

7. 購買日期：＿＿年＿＿月＿＿日

8. 您得知本書的管道：□報紙／雜誌　□電視／電台　□親友介紹　□逛書店　□網路

   □傳單／海報　□廣告　□其他

9. 您在哪裡買到本書：□書店，店名＿＿＿＿＿　□劃撥　□現場活動　□贈書

   □網路購書，網站名稱：＿＿＿＿＿＿　□其他＿＿＿＿＿

10. 對本書的建議：（請填代號　1. 滿意　2. 尚可　3. 再改進，請提供意見）

    內容：＿＿＿＿＿＿＿＿＿＿

    封面：＿＿＿＿＿＿＿＿＿＿

    編排：＿＿＿＿＿＿＿＿＿＿

    其他：＿＿＿＿＿＿＿＿＿＿

    綜合意見：＿＿＿＿＿＿＿＿＿＿＿＿＿＿＿＿＿＿＿＿

11. 希望我們未來出版哪一類的書籍：＿＿＿＿＿＿＿＿＿＿＿＿

讓文字與書寫的聲音大鳴大放

寶瓶文化事業有限公司

（請沿此虛線剪下）

廣　告　回　函	
北區郵政管理局登記	
證北台字15345號	
免貼郵票	

寶瓶文化事業有限公司　收

110台北市信義區基隆路一段180號8樓

8F,180 KEELUNG RD.,SEC.1,

TAIPEI.(110)TAIWAN R.O.C.

（請沿虛線對折後寄回，謝謝）